浜風屋菓子話

日乃出が走る〈二〉新装版

中島久枝

ポプラ文庫

目次

浜風屋菓子話

日乃出が走る　二

《新装版》

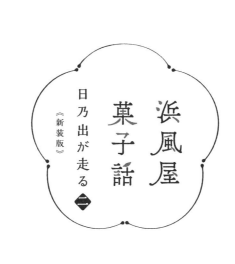

一、嘉祥の日のアイスクリン

「甘くて冷たいアイスクリン。おいしい、おいしい浜風屋《はまかぜや》のアイスクリン」

歌いながら純也《じゅんや》が日乃出《ひので》の口にさじを差し入れた。その途端、きゅっと口の中が冷たくなり、やさしい牛乳の味が広がった。

「ああ。夢見ているような味だ」

今年十六歳になる橘《たちばな》日乃出は目を輝かせた。日焼けした小さな顔に、黒目勝ちの瞳、敏捷《びんしょう》そうな体つきをしている。

「そりゃあ、そうさ。浜風屋特製のアイスクリン。東京にだってないんだよ。今、日本中で一番西洋に近い横浜だから食べられる」

角田《かくた》純也は胸をはった。純也は二十一歳で、女形《おやま》の役者のような整った顔立ち。しぐさも少しなよなよとしている。

蔵の入口から外をながめると、気の早いお客さんがもう列を作って開店を待っていた。

「ひぃ、ふう、みぃ……。ふふ、あたしには、あのお客さんの顔がお銭《ぜぜ》に見える」

純也は身もふたもないことを言った。

「二人とも遊んでないで、ちゃんと仕事をしろよ。今日は忙しいんだ」

氷を入れた桶の前でアイスクリン製造機を回していた勝次《かつじ》が顔をあげて言った。浜岡《はまおか》勝次は二十八歳。こん棒のように太い手足でもじゃもじゃと縮れた髪の大男だ。

「はい。はい。勝さんもアイスクリンを食べて一息つこうね」

純也がアイスクリンのさじを勝次の口にも差し込んだ。


明治二年、夏、横浜。

海の色が青さを増し、港町は鮮やかな季節を迎えた。力強い夏の日差しが濃い緑の街路樹に降り注いでいる。

今日は嘉祥《かじょう》の日である。古来、この日に菓子を食べると無病息災で過ごせるといわれている。いわば菓子屋の祭りだ。嘉祥の日にちなみ、これから三日間、日乃出と勝次、純也の三人は関内《かんない》の馬車道《ばしゃみち》にある乾物《かんぶつ》三河屋《みかわや》の店先を借りてアイスクリンを売ろうというのだ。

浜風屋は野毛山に向かう坂道の途中にある古くて小さい店だが、この三日間だけ大家《おおや》の三河屋の、その一番大きな、一番立派な馬車道店の店先を借りて商いをする。とはいえ、短い間だから設《しつら》えはいたって簡素だ。腰を掛ける台をおき、赤い毛氈《もうせん》を敷いた。屋根代わりの赤い日傘を差しかける。

「お待たせしました。どうぞ、お入りください」

純也が声をかけるとぞろぞろとお客が入って来て、たちまち腰掛けが埋まり、新たに席が空くのを待つ客の行列ができた。

値段は牛乳味が四十文《もん》、オランダイチゴが五十文。一膳飯《いちぜんめし》屋の値が二十文だから、菓子としてはかなり高い。だが、アイスクリンを食べられるのは、横浜の、この浜風屋だけで、しかもたった三日間なのだ。五月に一度アイスクリンを売り出して、その評判は広がっている。

「甘くて冷たいアイスクリン、早く食べたいアイスクリン
おいしい、おいしい浜風屋のアイスクリン」

純也が楽しそうに歌いながら客の前にアイスクリンをおいていく。いつの間にか顔に薄く粉をはたき、口に紅をさしている。

「姉さん、あ、いや、兄さん。あれ、やっぱり姉さんか」

「どっちでもいいわよ。早く食べないと溶けちゃうわよ」

「ま、そうだな。こいつを食べに来たんだものな。これが噂に聞く、アイスクリンってやつか」

職人風の男が器を手に取った。

白い陶器の器には牛乳味の白いアイスクリンが盛られ、木のさじが添えられている。男はそっとさじで白いアイスクリンをすくうと、口に運んだ。一瞬、目が大きく見開かれた。

「ひゃあ、冷たい。それでもって甘い」

「ああ。本当だ。冷たくて頭がしびれるようだ」

横に座っていた町人まげの男も声をあげる。

「並んだ甲斐《かい》があるってもんだ」

人々は口ぐちに感想を言い合った。

食べ終わっても客はなかなか立ち上がらない。食べたばかりのアイスクリンの余韻《よいん》をもう少し楽しみたい。隣の人と感想など語り合いたい。だが、ぐずぐずしていると行列の方からじれったそうな声がかかった。

「おい、早くしてくれよ。俺達、待ちきれないよ。腰掛けなくてもいいからさ、立って食べるから」

蔵の中では勝次が五人の三河屋の手代《てだい》とともに氷を入れた桶の前に座り、アイスクリン作りに取り組んでいた。

アイスクリン製造機というと、何やらたいそうなものを思い浮かべるが、要は取っ手のついた金属製の筒である。筒は二重になっていて、取っ手を回すと中の筒が回転する仕掛けだ。氷で冷やしながら取っ手を回すと、中の汁は空気を含みながら凍結する。シャリシャリとした氷になる。

蔵の奥には昨日、蝦夷《えぞ》の函館《はこだて》から届いたばかりの大きな氷が鎮座している。むしろで何重にも覆われた四角い塊《かたまり》は大人二人が腕を伸ばしてやっと抱えられるぐらい。高さも天井に届くほどある。むしろは白いもやをあげ、地面は溶けた水で黒く濡れている。

外は汗ばむほどのいい天気だが、氷をおいた蔵の中はひんやりとしている。しばらくすると体が冷えて強張《こわば》ってくるほどだ。

「おい、少し休憩だ。腰をほぐさないと後で響く」

勝次が声をかけると手代たちは立ち上がり、てんでに腰を伸ばしたり体を回したりしはじめた。

勝次の背丈は六尺《ろくしやく》余り。えらの張った顔に太い眉、熱い唇、鼻梁《びりよう》の張った鼻。ぎょろりと大きな目。どこか浅草寺《せんそうじ》の仁王《におう》像を思い出させる偉丈夫《いじようふ》である。

表では、日乃出に声がかかっていた。

「噂通り、かわいいねぇ」

「海岸通りの写真館に、あんたの大きな写真が出ていたよ」

「今日は、あんたの顔を見にやってきたんだよ」

すっかり看板娘の体《てい》である。

駒太《こまた》は純也の古い知り合いで、海岸通りの写真館で働いている。その駒太から写真を撮らせてくれといわれたのは半月ほど前のことだ。只《ただ》だというので、つい受けてしまった。

ふだんの様子がいいというので、藍《あい》色の木綿《もめん》の着物に赤いたすき姿で写真機の前に立った。水銀板が感光するまで時間がかかる。それまでじっと動かずにいるのだ。

頼みもしないのについて来た純也が、隣であれこれおかしなことをしゃべるので吹き出しそうになる。おかしいのを我慢して写真機をにらんでいたら、やけに勇ましい表情になった。

駒太はそれを大きく引き伸ばして、写真館の外の一番目立つところに貼り出したのだ。嫣然《えんぜん》とほほえんでいる花魁《おいらん》や芸者衆の中央で、一人だけ、怖い顔をしてにらんでいる日乃出は妙に目立った。

そのうちに噂が広がった。

あの娘こそ、浜の大富豪、谷善次郎《たにぜんじろう》と百日百両の勝負をし、みごと打ち負かしたという浜風屋の日乃出である。元は日本橋《にほんばし》の橘屋という老舗《しにせ》の和菓子屋の一人娘。維新の混乱の中で父を亡くし、店は善次郎に買い取られた。家に伝わる掛け軸を取り戻すべく、薄紅《うすべに》という秘伝の菓子で勝負をした。

谷善次郎と言えば、横浜では知らぬものはいない。生糸《きいと》や茶などの貿易で巨万の富を得た。梢月《しょうげつ》という号を持つ書画骨董に通じた茶人で、明治政府とも強いつながりがある。いくつもの妾宅《しょうたく》があり、中でも吉原《よしわら》一の妓楼《ぎろう》の主、才色兼備のお利玖《りく》がお気に入り。言う通りにしていればご相伴《しょうばん》にもあずかれるが、いったん機嫌を損ねたらたちまちつぶされる。善次郎は仏の顔と閻魔《えんま》の顔を併《あわ》せ持つ、じつに恐ろしい人だ。

その善次郎に競り勝った若い娘とは、どんな顔をしているのか。一目《ひとめ》拝ませてもらいたいものだと見物人がやってきて、またたく間に、日乃出の顔と名前は横浜中に知れ渡ってしまった。

日乃出が食べ終わった皿を下げていると、誰かに見られている気がした。目をあげると、若い外国人と目があった。

「あなたが日乃出さんですか。アイスクリン、おいしいです」

流暢《りゅうちょう》な日本語だった。年齢は三十歳ぐらいだろうか。栗色の巻き毛が額にかかり、涼しげなとび色の瞳をしている。男の隣には、金色の髪と青い目の少女が座って、にこにこと笑みを浮かべている。

「ごちそうさま。また、来ます」

さっと立ち上がると帰って行った。


昼過ぎ、長い行列がぐるりと三河屋を一周するようになった頃、すこしやっかいな客が来た。

山倉剛三《やまくらごうぞう》と名乗る政府高官である。執事が日乃出の所に来て告げた。

「ご一家はアイスクリンをご所望でございます。次の予定がございますので、恐れいりますが、順番を早くしていただけませんでしょうか」

言葉遣いはていねいだが、有無を言わさぬ言い方だ。

「上の者に相談しますから、お待ちください」

日乃出は蔵に戻って勝次と純也に告げた。

「なにさ、えらそうに。おたふく豆のちょび髭《ひげ》がさ」

純也は口を尖らせた。

シルクハットをかぶり、厚そうな上着を着てそっくり返っている山倉は、太っている訳でもないのに、頬だけやけにふくらんでいる。おたふく豆とはよく言ったものだ。

隣には、ひらひらとした飾りがついた洋装の妻と金ボタンの服を着た五歳くらいの息子の姿があった。

「山倉剛三か。知っているよ。昔から」

勝次は苦い顔になった。

「土下座の山倉と言うんだ。少しのことで激昂《げきこう》する。相手が地面に頭をすりつけるのを見るのが大好きな男だ。言う通りにしてやれ。早く食べて、早く帰ってもらえ」

日乃出が山倉一家を赤い毛氈を敷いた席に案内すると、山倉は当然のような顔をしてどっかりと座った。隣の夫人も礼ひとつ言わない。息子は履物《はきもの》のまま腰掛けにあがり、寝転がってしまった。一体、どんな躾《しつけ》をしているのか。

新しい時代はみんなが平等で、誰でも国を治めるプレジデントになれると言ったのは誰だったろうか。たしかに将軍も大名もいなくなったが、代わりに何やら、新しい名前の人間が出て来て威張っている。日乃出たちのような庶民から見れば、首がすげ替わっただけのことだ。

日乃出は顔だけは笑顔になって、ていねいに挨拶した。

「橘日乃出というのは、あんたか。案外、かわいらしい顔をしているな」

山倉が言った。重そうなまぶたの奥の目が光っている。

「善次郎は悔しがっていたぞ」

にやりと笑った。

「だが、ただではすまんぞ。あいつの負けず嫌いも普通じゃないからな」

だからどうした。勝つのが怖くて、勝負ができるか。日乃出も負けずに山倉をきっとにらんだ。

急ぐと言った割には長い時間をかけて山倉達は食べた。帰り際、執事が金の入った包みを手渡した。少し多いと思ったがそれは祝儀ではなく、一人でアイスクリンを三皿食べた息子の分であった。


午後になると、アイスクリンを求める人はますます増えた。人というのは面白いもので、列ができると吸い寄せられるようにまた人が集まって来る。どれくらいかかるのかと問うて、そんなに長く待つのかと文句を言うが、帰るかと思うとちゃんと列につくのである。

「ねぇ、ねぇ、日乃出」

純也がやって来て小声でささやいた。

「あの子、さっきからずっと、あそこにいるけど、何しているんだろうね」

「そうだよね」

日乃出も気になっていた。

年は十三、四歳か。粗末な身なりの小さな、やせた少女が所在なげに立っている。誰かを待っているようにも、何かを探しているようにも見えた。

「いつごろからいたのかなぁ」

純也が言った。

日乃出が気づいたのは昼少し前。純也はその前から見ていたという。

「それなら、もう、半日近く、あそこに立っている訳か。どうしたのかしら。あら、やだ。酔っ払いよ」

純也が言った。

船員らしい若い外国人が二人、向こうからやって来る。かなり酔っているようで、足元がおぼつかない。高い声で笑い、ふざけあっている。

「くわばら、くわばら」

純也は背を向けた。

外国人と揉めると面倒なことになるというのは、横浜に住んでいる人間ならだれでも知っている。その代表的な例が薩摩藩《さつまはん》の侍がエゲレス人を無礼討《ぶれいう》ちにした生麦《なまむぎ》事件で、薩摩とエゲレスの戦争に発展してしまったのだ。

そこまで大事にならなくとも、日本人と外国人が争った場合、たいてい日本人が悪いということになる。日本には裁判権がないから外国人の裁判官が、その国の法律に基づいて裁く。これが世にいう不平等条約というものだ。

「無礼ではないか」

突然、怒気を含んだ声がした。

日乃出が振り向くと、刀を差した若い侍が肩をいからせ、立っている。刀でも触れたのだろうか。侍はがっちりした体つきで右の頬に切り傷があった。

水兵が強い調子で何か言い返し、侍は水兵に向き直った。

「ひゃあ」

純也が小さな声でつぶやいて、たもとで顔をおおった。

侍の顔は怒りで白くなっている。

刀の柄《つか》に手をかけた。

「どうしよう。どうしよう」

純也が日乃出の手をつかんだが、日乃出もどうしていいのか分からない。声をかけようとするが、気持ちばかり焦って言葉にならない。たちまち人だかりができて、遠巻きにして侍と水兵を見ている。

辺りは騒然となった。

「お侍様。お侍様。いけません」

三河屋の手代が一人走り出て来て、必死の様子で侍に声をかけた。

「ここは横浜の関内です。外国人と問題を起こしたら、ただではすみません。どうぞ、お気を平《たい》らかに。刀から手をお放しください」

それに呼応して、人々の間からも声がかかった。

「外国人に手を出したら、いかん」

「やめろ。やめろ」

「命を大事にしろ」

侍の白くなった顔に血の気が戻った。冷静を取り戻したようだった。三河屋の手代の方を向き直り、軽く頭を下げた。そのまま行き過ぎようとした。

突然、片方の水兵が何か大声をあげた。もう一人の腕を振り払い、侍の前に立ちふさがった。大声で何か怒鳴っている。言葉は分からないが侮辱《ぶじょく》していることは伝わって来る。

侍が無視して通り過ぎようとすると、水兵は首を突き出し、唾《つば》を吐いた。

唾が侍の着物にかかった。

人々の間にどよめきが走った。

「いけない」

走り出そうとした日乃出のたもとを純也がつかんで引き止めた。

連れの水兵が体を抱えるようにしてその場を離れた。だが、水兵はまだ何か叫んでいる。

「腰抜ケ。イクジナシ」

侍は怒りで体が震えている。向き直り、構えた。右手が刀にかかかった。鯉口《こいぐち》を切る。鋭い切っ先が白く光った。

その時だった。突然、人垣の中から少女が飛び出した。侍の腰にすがりつくと、大声で叫んだ。

「こらえてくださいませ。こらえてくださいませ」

少女は片手で侍の腰を抱きかかえ、もう片方の手を刀に伸ばしている。刀をもぎ取ろうとしているのか。

「分かった。分かったから。私から離れろ。危ないではないか」

侍が言っても、少女は手を離さない。

「離せというんだ」

力ずくで引き離すと、勢い余って少女は地面に転がり、尻餅をついた。

「申し訳ない。手荒なことをするつもりはなかった」

膝から血を流している。侍が懐《ふところ》から取り出した手ぬぐいを切り裂くと、膝に巻いた。

すでに水兵の姿はない。

人々はまた何事もなかったように歩き出した。侍も去って行った。少女だけが一人、往来《おうらい》の真ん中で座り込み、ぼんやりと空を見上げている。今になって怖くなったのかもしれない。

日乃出は駆け寄って少女の体を抱いた。ひどく震えている。

「あんた、すごいね。偉かったよ。強かった。私は怖くて体が動かなかった」

少女の膝の傷はたいしたことはなかったが、体の震えがとまらない。しばらく三河屋の奥で休ませることにした。

夕方、少し手が空いた時日乃出が様子を見に行くと、座敷の隅に少女がぽつんと一人で座っていた。うつむいた首筋が白く、細く、いかにも心細げだった。

三河屋のおかみのお豊《とよ》と娘のお光《みつ》が顔を出した。

「名前は水沢葛葉《みずさわくずは》。兄さんを頼って駿河《するが》から横浜に出て来たけど、会えなかったんだってさ。朝から何も食べてないっていうから、握り飯と浜風屋の水羊羹《みずようかん》を食べさせたら、おいしいって喜んでいたよ」

お豊が言った。

葛葉のふるさとは駿河の高栄《こうえい》という所で、兄とは吉田《よしだ》橋のたもとで待ち合わせをしていた。いつまで待っても兄が来ないので、場所を間違えたかと馬車道を歩いていた。浜風屋の所に行列が出来ているので、ここにいたら兄が来るかと思ったという。

兄も葛葉を捜していることだろう。お豊は三河屋の店先と吉田橋のところに貼り紙をした。

とうとう夜になり、店じまいの時間になったが、葛葉の兄は現れない。お豊は手代を吉田橋に行かせたが、それらしい人はいなかった。

「あの娘が言う兄さんって、本当の兄なのかしら。人にたぶらかされている訳じゃないわよね」

純也が形のよい眉を寄せた。

「最近、たぶらかされて横浜に来る娘も多いからな」

勝次も心配そうな顔になった。

お豊が首をふった。

「私も気になったから、確かめてみた。ちゃんと兄さんからの手紙を持っていた。水沢冬馬《とうま》という名前だ。七日前の日付で、六月十六日の朝、横浜の吉田橋のたもとに迎えに行くと書いてあったよ」

「かわいそうに。心細いだろうに」

日乃出は自分がはじめて横浜に来た日を思い出して言った。留吉《とめきち》という連れの者といっしょに、すっかり暗くなった坂道を何遍も上り下りして浜風屋を探したのだ。あの時のさみしい、切ない、心細い思いは今も忘れられない。

その時、店の表から手代が藩軍《はんぐん》の男が訪れたことを告げに来た。明治になって奉行所のかわりに市中の安全を取り締まるのが藩軍である。

てっきり葛葉の兄のことだと思った日乃出達は喜んで店先に向かった。そこには黒っぽい制服を着た藩軍の兵士と医師の樹覚《じゅかく》が難しい顔をして三河屋の主の定吉《さだきち》と相対していた。

「先ほどそういう訴えがありましてね」

樹覚が言い訳めいた言い方をした。

樹覚は長崎帰りの初老の医師で、吉田橋の近くで医院を開いている。本当は偉い先生だと聞くが、丸い顔にいかめしそうなひげをはやした様子がなぜか親しみを感じさせる。このあたりの人は、腹痛も骨折も鼻づまりもみんな樹覚を頼るのである。

「浜風屋のアイスクリンで腹を壊したという訴えがあった。アイスクリンを作っている工房に案内してもらおう」

一人の兵士が言った。

「一体、どこからそのような訴えが出されたのでしょうか」

定吉がたずねた。

「山倉様である」

別の兵士が答えた。

あの男か。日乃出は威張り腐った山倉の顔を思い出して唇を噛んだ。今日一日、あちこちで食事をしただろうに、どうしてアイスクリンを疑うのだ。

勝次が落ち着いた様子で同じことをたずねた。

「朝は旅館、夜は料亭で食事をされている。だが、この二店で腹を壊したという者はほかにいない」

「ここは正規の店ではない。はなはだ怪しいと、山倉様がおっしゃっている」

順番を割り込んで来て、その上難癖《なんくせ》をつけるつもりか。

日乃出は悔しさで顔が熱くなった。

「だってあのご子息は一人で三杯もアイスクリンをお召し上がりになったんだもの。そりゃあ、お腹だって冷えるわよ」

純也がそっぽを向いて、独り言のようにつぶやいた。

兵士は驚いた顔をして顔を見合わせた。

「まぁ、そんなことだろうとは思っていましたけれどね、一応、役目ですので、中を検めさせてください」

丸い頭になで肩の、卵に手足をつけたような樹覚がおだやかな様子で言った。

勝次が蔵の戸を開け、三人を案内した。

蔵の隅にはむしろで包んだ人の背丈ほどもある大きな氷の塊がある。勝次はむしろをめくって中を見せた。

「これは、蝦夷の函館から切り出して船で運んできた氷です」

兵士は目を丸くして、氷を眺めている。

「これが全部氷か。こんな大きな氷は見たことがないな」

「冬、特製の堀に湧き水を引いて作ったものです。池の氷などではありません。それに、この氷はアイスクリンを冷やすためのもので、アイスクリンの中には入れません」

「牛の乳はどこにある」

「今日の分はもう使ってしまいました。明日の朝、搾りたての乳が本牧《ほんもく》の農家から届きます。それを一回煮立ててから冷まし、使っています。オランダイチゴも明日の朝、摘み立ての物を届けてもらいます」

「なるほどな」

藩軍の男たちは腕を組んで黙ってしまった。

「小さなお子さんが冷たい物を食べすぎてお腹を壊すことはよくあることです。東京からの長旅で疲れたのかもしれませんね。少なくとも、こちらの店が原因とは言い切れません」

樹覚に言われて藩軍の兵士達も納得し、帰って行った。樹覚だけが残った。

「少しお伝えしたいことがあります。話がややっこしくなるので、あの場では言わなかったのですが」

樹覚に呼ばれた形で、勝次と純也、日乃出、三河屋の定吉とお豊が集まって来た。

「牛乳のことなのですが、冷たい牛乳を飲むと、人によってはお腹がごろごろいいます。それは病気ではなく、体質です。私は長崎で医学を学びましたが、そのことをオランダ人の医師から教えられました。西洋人にはその体質は少なく、東洋に多いそうです」

かつて日本でも牛乳を飲んでいた記録がある。

飛鳥《あすか》時代、大化《たいか》の改新《かいしん》の頃、百済《くだら》から来た渡来人《とらいじん》の子孫が時の天皇に牛乳を献上した。以来、牛乳を飲む習慣は貴族の間で広まり、残った牛乳を煮詰めた「蘇《そ》」というものも作られるようになった。

牛乳は健康にいい飲み物であると同時に、極上の美味としても知られていた。

本当の面白さや真髄のことを醍醐味《だいごみ》というが、醍醐というのは、もともとは仏教用語で牛や羊の乳を精製した汁のことである。酸味の少ないチーズのようなものであろうか。最高の美味のたとえに使われていたのだ。

だが平安《へいあん》末期、武士が勢力を持つようになると、次第に牛乳を飲む習慣は忘れられた。

「牛乳の飲用が体を頑健《がんけん》にするということは経験的に知られていたと思います。それなのに、なぜ、鎌倉《かまくら》時代になって牛乳が廃れてしまったのでしょうか」

樹覚はみんなの顔を見渡した。

「鎌倉武士は乗馬をしたので、牛よりも馬の飼育に力を入れたからだという意見があります。もちろん、それも理由のひとつに考えられます。でも、それだけでしょうか」

医局の学生に講義をするような調子で語り始めた。

「これは、あくまで私の個人的な見解ですが、鎌倉以降、牛乳の飲用が遠ざけられたのは、このお腹がごろごろすることに関係があると思うのです。具足《ぐそく》は一度身に着けてしまったら、容易に脱ぐことができません。また、戦ともなれば一日中行軍《こうぐん》ということもあるでしょう。お腹がごろごろいったからといって隊を離れることはできません。筋肉を増やしたり、持久力をつけたい武士にとって牛乳の飲用は魅力でした。しかし、どうしても越えられない壁があった、ということです」

ふたたび牛乳の飲用がはじまるのは江戸《えど》時代。八代将軍吉宗《よしむね》がオランダ人商館長に教えられ、インドから白牛《はくぎゅう》三頭を輸入して房総《ぼうそう》で飼育をしたのが、近代的な酪農のはじまりとされる。

横浜では開港とともに外国人が増え、牛乳を求める声も高くなった。三年ほど前、前田《まえだ》という人がオランダ人から牛の飼育、搾乳《さくにゅう》を習って牧場をひらき、牛乳の販売を始めた。日乃出達がアイスクリンを作るために買っている牛乳もこの前田牧場のものだ。

「しかし、そのぉ、体質っていうのは、治らないもんなんですかねぇ」

定吉が遠慮がちにたずねた。

「ゆっくりと噛むようにして飲めば大丈夫でしょう。温めれば一番いいのですがね」

「ゆっくりねぇ」

定吉が言った。

「もしかして、定吉さんはお腹がごろごろいうの？」

純也がたずねた。

「うん、ちょっとな」

「本当ですか」

勝次が驚いた顔になった。

「あたしもなんだよ」

お豊が言えば、そっと隠れるようにいた娘のお光も恥ずかしそうにうなずいた。

「どうして、それを言ってくれなかったんですか」

勝次が重ねて問いただす。

「だってかっこ悪いやねぇ。アイスクリンは横浜にしかない、一番新しい食べ物なんだろう。それを食べて腹を壊したってことは、時代遅れって証明しているようなもんじゃやねぇか」

樹覚が困った顔になった。

「私が申しましたのは、そういう意味ではないんです。あくまで体質の問題です。そんな誤解を広めないでくださいよ。だから、この話は藩軍の方の前ではしなかったのです」

ともかくアイスクリンへの疑いは晴れたので、みんなは一安心した。

そんな騒ぎがあったが、結局、葛葉の兄のことは分からずじまいだった。日乃出はお豊と相談して、自分の部屋に葛葉を泊めることにした。

勝次と純也は浜風屋の二階で寝起きして、日乃出はすぐ近くの三河屋の一部屋に住まわせてもらっている。襖《ふすま》を隔てて隣にはお光がいる。

並べて布団を敷き、日乃出の隣に葛葉を休ませた。

夜中、つぶやく声で目が覚めた。

「兄上、兄上」

葛葉の声だった。

「行かないでくださいませ。お願いです」

のどの奥から絞り出すような、悲しい声だった。日乃出は暗がりの中で葛葉の肩にそっと手を触れた。起きているのかと思ったが、葛葉は眠っていた。

夢を見て、泣いているのだろうか。たった一人で知らない街に来て、頼りにしていた兄には会えない。どんなに心細く、さみしいことだろう。

隣の襖がそっと開いて、お光が顔をのぞかせた気配がする。

「どうしたの？　大丈夫」

ささやき声が聞こえた。

「眠っているみたい」

日乃出は葛葉の手をしっかりと握った。葛葉のつぶやきが消え、静かな寝息に変わった。


翌朝、葛葉を連れて、日乃出と勝次、純也、お光はいつものように馬車道の三河屋に行った。店の前で樹覚が待っていた。昨日とは打って変わって厳しい目をしていた。

「早朝から申し訳ありません。どうしても、お伝えしたいことがあります。そちらでお捜しの水沢冬馬さんについてです」

みんなの顔つきが変わった。お光は店の中に駆け込むと、「おとっつぁん、奥の部屋を借りるからね」と叫んだ。

奥の間に、樹覚を囲み、日乃出と勝次、純也、葛葉、三河屋の定吉とお豊、お光が並んだ。

「店の前の貼り紙を見て昨日から気になっていましたが、間違いがあってはいけないと思い、申し上げませんでした。家に戻って確認をしました。朝、藩軍にも行き、もう一度、記録を読んで来ました。大変申し上げにくいことですが……」

樹覚は静かな調子で語り始めた。葛葉は食い入るような顔で樹覚を見ている。

「どうぞ、おっしゃってください」

勝次が言った。

「水沢冬馬さんは九日前に亡くなっています。未明、海に浮かんでいるところを近くに住む漁師が見つけました。背中に刺された傷があり、死因は溺死です」

水をうったようにしんとなった。

しばらくして、定吉がたずねた。

「それは、確かなことなんですか。つまり、人違いとか……」

「残念ですが、その可能性はほとんどありません。冬馬さんは二年前から北方村《きたかたむら》の長屋に住んでいて、その大家に確かめてもらっています。詳しいことは大家にお問い合わせください。長屋にあった荷物も大家が預かっているはずです」

「でも、この子は待っているという手紙を持っているんですよ。六月七日の日付で、横浜で待っていると書いてあった」

お豊が言った。

「ご遺体が発見されたのが六月八日の未明。亡くなられる直前に書かれたものとすれば、不思議なことはありません」

ずっとうつむいて黙っていた葛葉が叫んだ。

「違います。そんなこと、ありません」

顔を真っ赤にして、こぶしを固く握り、樹覚をにらみつけるようにしている。

「兄は生きています。死んでなんかいません。そんなはずありません」

「葛葉ちゃん」

日乃出が葛葉のたもとをつかんだが、葛葉はだまらなかった。

「この人は嘘を言っています。兄は必ず迎えに来ると言いました。吉田橋のたもとで待っていると言いました。だから、絶対に来ます。来るんです」

涙をこぶしでぬぐうと、叫んだ。

「そうだね。兄さんは迎えに来るよ。そうだよ。あんたを一人になんかしないよ」

お豊が言った。

「兄は剣の達人です。強いんです。高栄の剣道場では一番で、先生の代稽古《だいげいこ》もしているんです。そんな兄が後ろから刺されたりする訳がない。人違いです」

「そうだよね。きっと、何かの間違いだ」

日乃出も言った。

「絶対、絶対。違います」

葛葉は泣きじゃくっている。

樹覚は葛葉に一礼すると、部屋を出て行った。定吉とお豊、お光が後に続く。

そろそろアイスクリンを求めて客が来る。だが、勝次も純也も日乃出も立ち上がろうとしなかった。葛葉が泣き止むのを待っていた。

泣き疲れて葛葉が黙った時、勝次が葛葉の肩をたたいた。

「あんたの気持ちは分かったよ。だったら、兄さんが迎えに来るまで、浜風屋で働くか」

葛葉がそっと顔をあげた。

「それなら、それでこっちは構わないんだよ」

静かなやさしい言い方だった。

「だけど……」

葛葉は涙でぬれた目で勝次を、純也を、日乃出を順に眺めた。日乃出が葛葉の涙をそっとぬぐった。

「俺は昔、腹を空かせて浜風屋の前で倒れていた。それを助けてくれたのは松弥《まつや》って浜風屋の主人だ。その人は一年前に亡くなってしまったけどね。刀を差して、泥だらけの俺を何にも言わずに受け入れて、住まわせてくれた。俺だけじゃない。純也も日乃出も、いろんな事情を抱えて集まって来た。浜風屋はそういう所だ」

「そうだよ。そうしなよ。あたし達といっしょに暮らして、あんたの兄さんを待てばいいよ」

純也が言った。

「みんながいるから、安心だよ」

日乃出が葛葉の手をとった。葛葉はまだ、少しぼんやりしている。

「さぁ、俺たちは仕事にかかろう。葛葉はこのままここで少し休ませてもらいな」

勝次が言って、日乃出と純也は立ち上がった。

二、稲妻という名の菓子

嘉祥の日が過ぎて、十日がたった。浜風屋も静かな日常に戻った。

浜風屋は野毛山の麓《ふもと》にある。都橋《みやこばし》の一つ手前の通りを山に向かって坂道を上がって行くと乾物三河という看板があり、その脇の路地を入る。古ぼけた、小さな店だ。人通りの多い馬車道にくらべると、野毛のあたりはずいぶんと静かだ。しかも、浜風屋は細い路地の突当りにある。通りがかりに入って来る人など、ほとんどいない。来るのは浜風屋をめざして来る人達だ。

朝から待っていてもお客は一組ということもある。だが、そういうお客は必ず買ってくれるし、茶会用の菓子や贈答品など、まとまった数を注文してくれることも多いから、店はちゃんと回って行く。

地味だが、堅い商売なのである。

日乃出たちは朝、日が出る頃にもち米を炊いて搗《つ》き、餅にする。夜のうちに炊いておいた餡《あん》を包んで大福を仕上げる。その後、他の菓子に移る。今の季節なら水羊羹や葛饅頭が中心で、上生菓子《じょうなまがし》や饅頭を作ることもある。日乃出の父親が考案した、橘屋に伝わる秘伝の菓子、薄紅も注文があれば用意する。

その繰り返し。

日乃出が浜風屋に来たばかりの頃は、菓子を買いに来る人などほとんどいなかった。毎日、売れ残りの大福を食べていたのである。

だから、今の生活に感謝こそすれ、文句を言ったら罰《ばち》があたる。

それは分かっている。

しかし……。

日乃出はアイスクリンを売った嘉祥の日が少し懐かしい。あれは、お祭りだった。あんな風にわくわく、どきどきする日々があってもいいではないか。

今日の分の大福を包み終え、鍋を洗いながら日乃出は小さくため息をついた。

「日乃出さん、どうしてため息ついているんですか」

葛葉がたずねた。

「なんでもない」

浜風屋での生活にも慣れたのか、葛葉の顔はすっかり明るくなった。まだ時々、夜中に夢を見て泣くことがあるけれど、それも時間が解決してくれるだろう。

「じゃ、行ってくるから」

純也が肩をたたいた。薄化粧をして、浴衣を着ている。

「これからお稽古だから、出かけるね」

科《しな》を作って挨拶をした。純也は昔、吉田橋近くの下田座《しもだざ》で役者の真似事をしていた。そのつてで、夏風邪をひいて倒れた役者の代役を頼まれて舞台に出ることになった。約束は一日だけのはずだったが、ずるずると延びてもう五日。東京からやって来た、新人役者という触れ込みで、芸名は東柳之介《あずまりゅうのすけ》。最近は、純也、いや柳之介目当ての客も増えて来ているそうだ。

純也がいそいそと出て行ってしまうと、また店は静かになった。葛葉は外に水をくみに行った。勝次が松弥の残した帳面をめくる音だけが響く。

「日乃出、橘屋では葛饅頭をどういう風に作っていた。本返しか、半返しか」

勝次がたずねた。

「橘屋は半返しだった」

「そうか。今まで、本返しで作っていたが、一度、半返しで作ってみるか」

半返しというのは、葛を火にかけて半分くらいまで火を通し、餡を包んでから蒸して完全に火を通すやり方だ。本返しというのは、葛に完全に火を通してから餡を包む。半返しの方が、形がきれいにまとまりやすい。

勝次はさっそく半球形の銅のさわり鍋を取り出した。

浜風屋はもともと江戸で腕を磨いた菓子職人の松弥がはじめた店で、その松弥は風邪をこじらせて一年ほど前に亡くなってしまった。松弥は身寄りがなく、その頃、店を手伝っていた勝次と純也がそのまま店を引き継ぐことになった。

勝次が浜風屋にやって来たのが三年前。その前は長州《ちょうしゅう》の侍で下関《しものせき》の戦に加わったこともあるそうだ。純也が来たのは勝次の半年後、遣仏使節団《けんふつしせつだん》でフランスに渡ったことがあり、日本に帰ってからは芝居小屋の手伝いなどをしていた。つまり、二人ともそれまでまったく菓子とは関係のない世界に生きて来た。松弥に菓子作りを教わった期間はたった二年だ。

俗に餡炊き十年というのだ。それほど菓子職人への道は長い。

二人とも、やっと菓子作りの入口に立ったところで、松弥に死なれてしまった。日乃出が来た時の浜風屋の菓子は、正直言ってひどかった。売れないから材料の質を落とす、ますます売れない。夕飯に残った大福を食べるというような暮らしだったのだ。

日本橋の橘屋の一人娘であった日乃出は、毎日、職人たちが働いている様子を見ていたし、橘屋の菓子の味は体にしみこんでいる。だが、実際に仕事場に入ることはなかったから、実際の経験はないに等しい。

それで百日で百両を作ろうというのだ。

今から考えると、無謀を通り越して、笑うしかないような話だ。

三人は屋台を引いてお焼きを売ってみたり、酒饅頭に辻占いをつけたりして、どうにかこうにかやって来た。父の残した薄紅を完成させたり、アイスクリンを作ったりしてどうにか百両は作ったけれど、肝心の菓子の修業はどうなったのか。相変わらず菓子職人としては、まだまだだ。

これから本当の修業が始まると考えた方がいい。

すでに勝次は葛粉を量って鍋に入れ、水を注いで混ぜはじめていた。

日乃出が竈《かまど》に薪をくべると、勝次が鍋を載せた。砂糖を加えて木じゃくしで混ぜ溶かしたら、一度ふるいでこして細かなごみを取り除く。

「あ、勝次さん。葛を炊いているんですね」

外から帰って来た葛葉がうれしそうな声をあげた。

「私のふるさとは、葛の名産地なんですよ」

「だから、葛葉って名前なんだね」

日乃出が言うと、葛葉がうなずいた。

「おばあさんがつけてくれたんです」

葛粉の原料は葛というマメ科の植物だ。大樹にからみつき、木を枯らしてしまうほどの強い生命力を持つという。その葛の根を秋から春にかけて掘り起こし、ほどよい大きさに切って天日《てんぴ》で乾燥させたものが「葛根《かっこん》」で、昔から生薬《しょうやく》の原料に使われて来た。

葛粉は葛根をたたいて中のでんぷん質を取り出し、水で何度もさらし、乾燥させた粉のことだ。気温の低い、寒の季節に作った物が上等とされ、葛粉を作る職人は凍るような水に浸かって作業をする。一抱えもある葛根を使って、できあがる葛粉は手の平に載るくらい。とんでもない手間暇がかかっている。

だが、その分、葛粉は高価である。

葛の皮は葛布になり、葉や茎は食べられる。捨てるところがないのも、葛だ。

勝次は鍋の葛を少し取り分けてから、鍋を火にかけた。木べらでかき混ぜていると、白濁した水に、半透明の塊ができてくる。品のいい葛の香りが作業所の中に広がった。

半透明の塊は次第に大きくなって、白濁した水の方が残りわずかになった。

これからが勝負なのだ。

葛の生地の練り上げが甘いと餡を包む時に苦労する。硬くなると伸びが悪く、数がとれない。

日乃出と葛葉は息を止めて、勝次の手元をながめた。

「よし」

掛け声とともに、勝次が鍋を火からおろした。取り分けておいた葛の生地をもどして、勢いよく木べらでかき混ぜて行く。余熱で全体に火が入る。

どうやら、今回はうまくいったようだ。

日乃出と勝次で餡を包み、葛葉が水を張った桶に落とす。全部包み終わったらせいろに並べて少し蒸す。

「さぁ、いくぞ」

勝次がせいろの蓋《ふた》を取った。

白い湯気がもわっとあがり、中につやつやと光った葛饅頭が並んでいるのが見えた。

「わぁ」

葛葉が歓声をあげた。

できあがったばかりの葛は、どうしてこんなに美しいのだろう。濁りなく透き通って、みずみずしい。まるで水そのものを固めたようだ。

「どうした。食べてみろよ」

勝次が勧める。

水で冷やして口に運ぶ。とたんにやわらかな葛の香りが広がった。つるんとすべってのどを過ぎて行く。

ああ。これが葛菓子というものなのだ。

「おいしいよ。橘屋とは少し違うけれど、これは浜風屋の葛菓子だ」

さっきまで日乃出の心に巣くっていた退屈の虫はどこかに消えてしまっている。

「そうか。それなら、この方法で葛饅頭を作ることにするか」

勝次の仁王様のような顔がほころんで、子供のような笑顔になった。

「今度は日乃出がやってみろ」

鍋を渡された。日乃出は立ち上がり、葛粉を量り始めた。葛を仕上げる手順を頭の中で繰り返す。大事なのは、火入れのきっかけだ。

「自分の目で見て、木じゃくしの重さを感じて判断するんだぞ」

勝次が言った。

どこまで火を入れ、どこで火からおろすのか。大事なところは教えられない。それぞれが自分の感覚で覚えるのだ。

菓子作りは孤独だ。自分と向き合うことでしか学べない。

鍋の中に透明な塊が浮かんで来た。もう少し。もう少し。

胸がどきどきして来た。

塊はどんどん大きくなる。白濁した水が消えて行く。

よし。ここだ。

取り分けておいた生地も加え、鍋を火から外して、一気に木じゃくしでかき混ぜた。

餡を包んでせいろに並べる。蒸してせいろの蓋を取ると、きれいな葛饅頭が並んでいた。

「俺より、できがいいんじゃないのか」

勝次が言った。

「そんなこと、ないよ」

そうは答えたが、日乃出は内心得意だ。さぁ、みんなで食べよう。見ると、葛葉が顔をふせている。

「おい、どうしたんだ。葛葉」

勝次がびっくりしたような声をあげた。

「すみません。ふるさとのことを思い出したら、なんだか急に悲しくなっちゃって」

葛葉は泣いていた。

「しょうがないなぁ。里心がついてしまったか」

勝次が笑った。

「葛粉は高いから、夏のお祭りの時しか作らないんです。男衆はみこしを担《かつ》いで、女衆は朝から料理や菓子を作って、それでみんなで一日中、お祝いするんです」

葛葉の思い出の中には、兄の冬馬の姿もあるに違いない。八歳違いと聞いた。仲の良い兄妹だったのだろう。

「兄さんが帰って来たら、葛饅頭を作ってやる。みんなで食べよう」

勝次が言った。


午後、日が高くなった頃、来客があった。

金色の髪の少女だった。年齢は十歳ぐらいだろうか。レースの飾りのついた、やわらかそうな服を着ている。肌が白く、瞳が青い。その青い瞳が日乃出をまっすぐに見つめている。

日乃出は少女に見覚えがあった。嘉祥の日にアイスクリンを食べに来た。

関内で外国人を見かけることは普通だが、野毛まで足を延ばすことはめずらしい。

一人でここまで来たのだろうか。そっと入口の方をながめると、一頭の馬がつながれている。どうやら、ここまで馬に乗って来たらしい。

「お菓子ですか」

日乃出は日本語で言って、脇にあった菓子箱の蓋を開けた。中には葛饅頭が入っている。

少女は少しがっかりしたような顔をした。それから人差し指を立てると、小さく横に振る。

「ごめんなさい。何かを探すように部屋の中を見た。今日はアイスクリンはないんですよ」

重ねて言ったが、首をかしげている。

こんな時、純也がいてくれたらなぁ。

日乃出は唇を噛んだ。

遣仏使節団の一員としてフランスに行ったことのある純也は外国語がしゃべれる。割合上手なのはフランス語で、英語も少しだが分かるらしい。身振り手振りを交えて、ちゃんと意思を伝えることができる。

勝次はふるさとの萩《はぎ》にいたころ、オランダ語を勉強したそうだ。辞書をひきながら難しい本を読んでいたというが、しゃべる方はまったくだめだ。外国人の前に出ると、日本語もオランダ語も頭の中からすっかり消えて、口が開かなくなってしまうのだという。

日乃出は最近、あいさつぐらいはできるようにと、純也に外国語を習っている。えっと。こんにちはは、なんと言うのだっけ。

「メ、メルシー」

少女が驚いた顔をした。

どうやら、違うことを言ってしまったらしい。

恥ずかしさで頬が熱くなった。

少女は飾りのついた小さなバッグから小さな紙片を取り出した。開くと、菓子の絵が描いてあった。どうやら、あじさいきんとんのようだ。丸い餡の周りに、赤や白、淡い紫に染めたそぼろをつけた、毛糸玉のような姿の菓子だ。

この菓子は、梅雨《つゆ》の季節、あじさいの花が咲く頃のもので、今はない。

説明したいが、言葉を知らない。勝次は品物を届けに出かけているし、葛葉の姿も見えない。日乃出は菓子箱の中から葛饅頭を取り出して勧めた。

少女はいぶかしそうに眺め、それから口に運んだ。

次の瞬間、ぱっと顔が輝いた。

うれしそうににこにこしている。

「今度来る時は、前に連絡をくださいね。あじさいきんとんでも、何でも、用意しますから」

日乃出は日本語で言った。どこまで理解してもらえるか分からないが、それでも歓迎している気持ちは伝わるのではないだろうか。
少女は来た時と同じように、馬に乗って帰って行った。

その日、浜風屋は菓子の注文を受けていた。甲州屋《こうしゅうや》という生糸商の開店十周年の集まりのためだ。

浜風屋の銘菓のひとつが、薄紅である。淡い紅色に染めたマカロンで、和三盆糖《わさんぼんとう》の蜜をはさんだ和洋の雰囲気を併せ持った菓子だ。日乃出達は、それに上生菓子を二種類ほど加えた。ひとつは「緑陰《りょくいん》」と名付けたきんとんで、濃淡の緑に染めたそぼろに透明な四角い錦玉《きんぎょく》、つまり寒天《かんてん》を散らして緑の木々を吹き抜ける風を表した。もう一つは鼈甲《べっこう》羹だ。金色に染めた錦玉の中に漆黒《しっこく》の羊羹を散らした、渋い色彩の夏の菓子である。早朝から日乃出と純也も手伝って完成させた。

会場は海岸通りにできたばかりの潮騒会館だ。洋風三階建ての美しい建物である。日乃出と純也が菓子を届けると、手が足りないというので菓子を並べるのを手伝ってほしいと言われた。

広い会場にはいくつもテーブルが用意されていた。この頃流行りの立食というものらしい。客は自由に歩き回り、料理や酒、菓子を取る。

菓子は日本の物だけかと思っていたら、隣に西洋菓子が並ぶという。すでに、テーブルの中央に白いクリームをたっぷりと塗った大きな西洋菓子が置かれていた。その脇に色とりどりの一口菓子が並んでいた。めずらしい南洋の果物やナッツ、チョコレートなどを乗せた西洋菓子が銀盆に行儀よく並んでいる。まるで、小さな宝石のようだ。甘い香りに誘われて、思わず手を伸ばしたくなる。

「ちょっと。この隣に、浜風屋の菓子を並べろっていうの。これじゃあ、うちの菓子が引き立たないわよ」

純也が不機嫌そうな声を出した。

たしかにどう見ても、主役は中央の大きな西洋菓子だ。

浜風屋の薄紅も緑陰も鼈甲羹もひとつだけを見れば美しく、きれいだが、たっぷりとクリームを塗った大きな西洋菓子の前では、まるで目立たない。客は気づかずに通り過ぎてしまいそうだ。

「西洋菓子に比べると、日本の菓子は地味だね」

日乃出はがっかりして言った。

「もっと大きく作ればいいのかなぁ」

橘屋が将軍家に納めていた菓子はこの三倍くらいの大きさの立派なものだった。

「それじゃあ、食べきれないわよ。しょうがないのよ。うちの菓子はこういう風に並べることを想定して作っていないんだから」

その時、最初の客の一団が入って来た。

あ、と思った。

谷善次郎とその妾《めかけ》のお利玖の姿があったからだ。

考えてみれば当然のことだった。

善次郎は横浜一の大商人だ。主客として呼ばれているはずだ。室内をぐるりと回遊した善次郎とお利玖は日乃出達の前で足を止めた。

「久しぶりだな」

善次郎は言った。

人は仏の善次郎、あるいは追いはぎ善次郎と呼ぶ。味方にすれば頼りになり、敵に回したら恐ろしい男。谷梢月という号を持ち、茶人としても有名で、無類の書画骨董好き。横浜の港を見下ろす野毛山の別邸に名品を集めている。

肉の薄い、整った顔の左右には大きな福耳。耳たぶが真綿でも詰めたように分厚くふくらんでいる。小紋《こもん》の三つ重ねに黒紋付の羽織を着て、羽織の紐には大粒の真珠が十個、整然と並んで光っている。

「おかげさまで、なんとかやっております」

日乃出は頭を下げた。

「ほう。少しは商人らしい口が利けるようになったではないか。最初に会った時は、わしをにらみつけたのになぁ」

善次郎がそう言うと、隣のお利玖がほほと笑った。

お利玖は年の頃は三十。白いなめらかな肌に切れ長の美しい目をしている。お利玖は善次郎の妾であり、鷗輝楼《おうきろう》という横浜の吉原一の妓楼のおかみである。

「しかし、これではせっかくの菓子が目立たないねぇ。どう見ても洋菓子が主役。浜風屋の菓子はお付きの女中みたいにしか見えない」

お利玖が意地の悪い様子で言ったので、純也が嚙みつきそうな顔になった。

「そういえば、日乃出。わしから取り返した掛け軸はどうした。毎日、眺めて暮らしているか」

「はい。もちろんです。朝晩、眺めて心の糧《かて》としております」

「ほ、ほ、ほう」

善次郎は腹の底から絞り出したような低い声で笑った。

「それなら、よかった。いや、実はよく似たものを、さる所で見たという噂を聞いてな」

刃物のように冷たい眼差しが向けられた。

日乃出はひやりとした。

この男は日乃出の噓に気づいているのだ。

「相変わらず、元気がいい。また、楽しみがひとつ、増えた」

悠々と歩き去った善次郎とお利玖の後ろ姿を見送った。百日で百両の勝負に勝って、日乃出は橘屋に伝わる掛け軸を取り戻した。ところが善次郎はさらなる罠を用意していた。日乃出達はさらなる策を仕掛けたのだ。

自分がはめられたことに善次郎は気づいているのだ。

「勝ち逃げができると思うなよ。善次郎は甘くない」

山倉の言葉が耳元で聞こえる。

日乃出の足は震えていた。

だが、お客が次々にやって来る。日乃出と純也は菓子の係のようになってお客達の皿に自分達の菓子だけでなく、西洋菓子も取り分けた。

「失礼ですが、浜風屋の橘日乃出さんですよね」

男がやって来て言った。

「はい……そうですけど」

満面の笑みになった。

「アイスクリンの取材ではお世話になりました。万国新聞《ばんこく》の記者の竹田《たけだ》といいます。ええと、こちらのケーキはロビンソン商会のものですよね。そうすると、今度は、ロビンソン商会さんと組んで、何か、新しいことを始めるんですか」

竹田は背が高く、顔が四角い。手足が長いのか着物が小さいのか、袖からは腕が、袴の裾からは足が見えている。顔も手足も日に焼けて、袴ときたら、縞《しま》が分からないほど汚れて、靴は埃だらけだ。だが、黒い瞳には力があり、笑顔には愛嬌がある。

「いえ。そういうことはないです」

純也が不機嫌そうに言った。

人手がないからと菓子を並べるのを手伝わされて、そのうちに客たちが来て、帰る機会を失ったんです——日乃出も心の中でつぶやいた。

「浜風屋はアイスクリンで売り出したと思ったら、今度は港一の大商社、ロビンソン商会と組むんですか。本当にすごいなぁ」

だから、違いますって。

竹田はうれしそうに言った。今すぐにでも記事にしたいという顔つきである。

「何かの折には、ぜひ、弊社にもお寄りください。お話が伺えたら、幸いです」

そう言って去って行った。

その後には、外国人の一団が入って来て、会場はいっそうにぎやかになった。大人達に交じって、いつか店に来た少女の姿があった。美しい金髪を二つに分けて頭の脇で結び、白いレースの飾りのついた贅沢な服を着ている。

「純也、ほら、あの子。この前、浜風屋に菓子を買いに来た子だよ」

日乃出は純也の腕をつついた。

「そうか。あの子か。浜風屋の菓子に気づいてくれるといいのにね」

少女は料理を盛ったテーブルに近づいて行く。給仕が気づいて何か話しかけている。少女がうなずき、給仕は白い皿に次々料理を盛りつける。

早く、菓子の方にも来てくれたらいいのになぁ。

今日は、この前なかった、きんとんも用意して来たんだよ。

日乃出は心の中で少女に語りかけていた。

その時、日乃出の前に人影ができた。

「もしかして、橘日乃出さんですか」

くせのない、きれいな日本語だった。栗色の髪は軽やかにカールして額にかかり、茶色の瞳は長い睫《まつげ》に縁どられている。

その顔に見覚えがあった。

「嘉祥の日に、アイスクリンを食べに来てくださった……」

「そうです。私はタカナミ。兄はジェイムズ。二人で貿易商社を経営しています。それから、あちらにいるのが、妹のマリー」

タカナミが呼びかけると、金髪の少女が振り向き、こちらに近寄って来た。

「以前から浜風屋さんの菓子には興味を持っていました。本邦初のアイスクリンを売ると聞いたので、伺いました」

本邦初といっても、それは日本人に対してであって、外国人居留地《きよりゆうち》ではずっと以前からアイスクリンを作って食べているのだ。タカナミにしたら、今さらというところだろう。派手な宣伝文句が少し恥ずかしい。

「いやいや。あのアイスクリンは牛乳に慣れていない日本の方を対象としたものでしょう。爽やかで、後味がよかった。私も、マリーもおいしくいただきました」

隣でマリーがにこにこと笑っている。

「それに先日は、突然、マリーがお邪魔したそうで、さぞやびっくりされたことでしょう。申し訳ありません。妹はほとんど日本語がしゃべれないのです」

「妹さんはあじさいきんとんをご希望だったようですが、あいにく、あの日は用意がありませんでした。今日は、緑陰というきんとんを持って来ました。どうぞ」

日乃出は皿にひとつ取って、マリーに手渡した。マリーの顔がぱっと輝いた。

「きんとんというのは何ですか？」

タカナミがたずねた。

「きんとんというのは、この毛糸玉のような菓子の名前です。季節によって少しずつ色や糸のように細くこし出した餡の太さを変えているんです。五月から六月のあじさいの花の季節にはあじさいきんとん。盛夏になったので、涼しい木陰を思い描いて作りました。菓銘は緑陰です」

「日本の菓子は四季を映しているんですね。それはすばらしい」

タカナミは大きくうなずいた。

「私は母が日本人ですが、日本のことは知らないことも多いのです。日乃出さんにもっといろいろ教えていただきたいです」

タカナミは右手を差し出した。

それは握手という西洋風の挨拶なのだ。

日乃出はおずおずと手を伸ばした。その手をタカナミは強い力で握った。

「今日、私達の新しいケーキを持って来ています。どうぞ、皆様で味わってください。また、ぜひ、お会いしましょう」

タカナミとマリーは去って行った。

「私達の？　今、私達って言ったわよね」

純也が言った。

「どういうこと？」

日乃出も首を傾げた。

その時、黒服の支配人がとんで来た。

「知らぬこととはいえ、大変、失礼をいたしました。つい手が足りぬもので、給仕のようなことまでしていただきまして、申し訳ありません。本当にありがとうございました。これは、ロビンソン商会様からの贈り物です。エクレアという新しい菓子だそうです」

大きな白い箱を手渡された。

「もしかして、あの茶色の髪の人がロビンソン商会の社長さん？」

純也がたずねた。

「お兄様のジェイムズ様が社長様で、弟のタカナミ様は専務様です」

「二人とも若いのにすごいわねぇ」

純也は感心したようにうなずいている。

「はい。ロビンソン商会はお父様が起業したものです。お父様は昨年引退して会長になられました。ジェイムズ様もタカナミ様も大変優秀な事業家です」

支配人に何度も頭を下げられながら、二人は潮騒会館を後にした。

まだ、夏の日は高く、街路樹の茂る広い通りを潮風が吹き抜けて行く。

「日乃出、あのタカナミとかいう外国人に握手なんかされて、有頂天になっているでしょう」

純也が口をとがらせた。

「有頂天になんかなってないよ。だけど、あんな風に外国人と握手するのは初めてだったから緊張したのよ」

「ふーん。それだけならいいけど」

思わせぶりな顔になる。

「なにが、言いたいの」

「日本人はね、外国人に弱いの。とくに、ああいう風に鼻が高くてふわふわした髪の人を見ると、みんなぽぉっとなっちゃうのよ」

「なってないよ」

「あのね、西洋人のことを、あんまり簡単に信じちゃだめよ」

「もちろんよ。タカナミさんにぽぉっとなったりしてない。ケーキには少し、ぽぉっとなったけれど」

日乃出は純也が持っている白い菓子の箱を眺めながら言った。甘い香りが溢れ、日乃出の鼻をくすぐっている。

「なんだか、たくさん入っているみたいよ」

「早く食べたいね」

二人の足取りはいつになく速くなった。

その夜、三河屋の定吉やお豊、お光も浜風屋に集まった。勝次が白い箱を開けた。

西洋菓子がちょうど七つ。

細長い焼き菓子で、表面にはチョコレートがかかっている。

「純也、エクレアってどういう意味？」

日乃出がたずねた。

「稲妻っていう意味よ。稲妻みたいに細長いからかしら」

純也がさっそくひとつ取ってかぶりついた。

「おいしーい」

たちまち笑顔になる。日乃出とお光も手を伸ばした。

香ばしく焼き上げた皮の中には卵の味のクリームがたっぷりと入っている。ほろ苦いチョコレートとカリカリとした皮と甘いクリーム。

「夢を見ているみたい」

お光が目を細めた。勝次や葛葉、お豊、最後までためらっていた定吉も手に取った。

「悪いけど、俺は、だめだなぁ」

定吉が言った。

「おとっつぁん。どうして？　こんなおいしいのに」

「獣くさいじゃねぇか」

定吉は顔をしかめた。

お豊もこの味はあまり好きではないらしい。葛葉も少し持て余している。

「エクレアの味は悪くないが、ロビンソン商会ってところが気に入らないな」

勝次が厳しい顔で言った。

「ま、言われてみりゃあ、そうだな」

定吉も言った。

最初はアイスクリンを食べに。二度目は小さい妹だけで菓子を買いに。その次は潮騒会館で。

少しずつ間合いを詰められていると思うのは、考えすぎだろうか。

「考えすぎよ。マリーって娘はただ、菓子が食べたいだけだったんじゃないの」

お光が言った。

「今日の会合には善次郎も来ていたんだろう。ロビンソン商会は善次郎ともつながりが深い。あんまり、近寄らない方がいいな」

定吉が言った。

話はそれで終わったと思っていたら、もう一度、驚かされることとなった。

翌日、ロビンソン商会から浜風屋に本が届いたのだ。

朝の仕込みが一通り終わった時刻で、勝次も日乃出も葛葉も仕事場にいた。芝居小屋に行く準備をしていた純也も、日乃出の歓声を聞いて、二階から下りて来た。

それは見たこともないような外国の美しい大きな本だった。表紙を開くと、絵入りで洋菓子の作り方が説明されている。その説明がとてもていねいで、文字が読めない日乃出にも大体のことが分かった。

洋菓子の作り方を書いた本はとてもめずらしく、当然、高価だ。写真館で働いている駒太が一冊持っていたが、この本はそれよりもっと厚く、たくさんのケーキの作り方が載っている。

日乃出は言葉を失って、本をながめた。

「一体、どれくらいの作り方が書いてあるんだろう。これ全部、覚えたら、西洋菓子の店がはじめられるね。あれ、何かある」

純也が本にはさんであった白い封筒を見つけた。

「日乃出様へって書いてある。開けてみていい？」

さっさと封を切ると、大きな声で読み上げた。

「先日は、ありがとうございました。私どものエクレアは気にいっていただけましたでしょうか。あなたは菓子作りに特別な才能を持っています。日本の菓子も素敵ですが、イギリスやフランスにも、おいしいケーキがたくさんあります。今度ぜひ、日本の菓子と西洋の菓子について語り合いましょう。ご希望なら、私どものコックが作り方をお教えいたします」

一瞬、口の中に、エクレアの味がよみがえった。チョコレートのほろ苦さ。こんがりときつね色に焼き上げたバターの香りのする皮。卵の香りがいっぱいの、とろりとして甘いクリーム……。

「俺は反対だな」

勝次が尖った声を出した。

「いったい、なんだってこんな高価な物をくれるんだ。何が目的なんだ」

「お金持ちのロビンソン商会だから、あんまり気にすること、ないんじゃないの」

純也が言った。

「向こうが気にしなくても、こっちは気になるんだ。とにかく、理由もなくこんな高価なものをもらう訳にはいかない。日乃出、すぐに返して来い。いや、俺もいっしょに行く。そして、もう浜風屋に関わらないように言う」

勝次はきっぱりと言った。

「だけど……」

日乃出は本をしっかりと胸に抱え込んだ。

美しい菓子の本を手放すのは、いかにも惜しい。

「そうやって、日乃出が食いつきそうな餌を投げて来たんだ。その魂胆《こんたん》が分からないのか」

勝次は言った。

だが怒るのも理由がある。

ロビンソン商会はさまざまな品物を扱う貿易商社だが、決して評判はいいわけではない。とにかくがめつい、金に汚い、とくに兄のジェイムズがずる賢いといわれている。

しかし、それはなにもロビンソン商会に限ったことではない。横浜にある外国商社や企業すべてに言えることなのだ。

その根本にあるのは、日本の国力のなさだった。

安政《あんせい》五年、幕府がアメリカと結んだ日米修好通商条約は、不平等なものだった。

その一つが領事裁判制度で、アメリカ人が日本で事件を起こした時はアメリカの法律で裁くというものだ。日本の法律で裁くことができないので、日本人に不利に、アメリカ人に有利な判決が何度も出された。

また、アメリカが日本から輸入する関税の率はアメリカの一存で決めることができた。さらに、片務的最恵国待遇《へんむてきさいけいこくたいぐう》があり、その後、エゲレスやフランスとも、同様に日本に不利な条件が適用された。

悲しいくらい、日本の立場は弱かったのだ。

たとえば外国商社はいったん納品させた茶や生糸を、相場の値段が変わったからなど自分達の都合で突っ返して来ることがあった。返された品物は「ぺけ」と呼ばれ、安値で売るしかなくなる。日本の問屋は外国商社を頼らなければ品物を輸出できなかったから、悔しくても結局、泣き寝入りをするしかないのだ。

外国人による詐欺や暴力事件も起こったが、うやむやにされることが多かった。鉄道や電信など、外国はたくさんの素晴らしいものを日本に伝えてくれた。けれど、文明開化の世の中は、明るい面ばかりではない。外国からずるい人間、荒くれ者、金目当てのならず者も呼び寄せた。

夜、戻って来て話を聞いた三河屋の定吉も怒った。

「ロビンソンの奴、一体、何をたくらんでやがるんだ。いいか。日乃出、あいつらの言うことを鵜呑《うの》みにしちゃ、なんねぇ。あいつらは日本に稼ぎに来ているんだ。熊手でかき集めるように銭を儲けて、自分の国に持って帰ろうって魂胆なんだよ」

定吉は口から唾をとばす剣幕だった。三河屋も外国商社には何度も、悔しい思いをさせられて来ている。

やりきれないのは盗みや喧嘩といった小さな犯罪だけでなく、もっと計画的で大がかりな事件も増えて来たことだ。

「去年、おとっつぁんの友達の乾物屋のご主人が首くくったんだよ」

お豊が言った。

富士見屋《ふじみ》というのが、その店だ。干ししいたけの輸出を持ち掛けられ、その気になった。最初はずいぶんいい条件を出されて喜んでいたが実際に仕事が始まると、約束の納期に遅れた、虫喰いがあった、なんだかんだと難癖をつけられた。

もめているうちに契約違反だと裁判所に訴えられた。

「最初から、そういう話になっているって契約書を出された。判子も押してあるし、こっちは文句もつけられない。違約金だなんだって、店の品物を差し押さえられてさ。気がついたら、家も店も抵当に取られて丸裸になっていた。申し訳ありませんでしたって家族に遺書を残して死んだんだよ」

「もしかして、その相手っていうのは……」

日乃出はお豊にたずねた。

「表向きは違う名前だけど、裏で糸を引いていたのは、ロビンソン商会と善次郎だってもっぱらの噂だ」

お豊は低い声で言った。

「富士見屋は吉田町の割合いい場所に土地を持っていてね、それを善次郎が欲しがって再三頼みに来ていた。でも、富士見屋は断った。それで富士見屋は善次郎の恨みをかったらしいっていうのは、乾物屋仲間でささやかれている話だよ」

「その土地はどうなったんですかい」

勝次がたずねた。

「東京から来た人が買った。信じられないくらい安い値段だったそうだ。今、大きな建物を建てているけど、東京の人っていうのは表向きで、裏にいるのは善次郎とロビンソン商会だってことらしいよ。分かるだろう。奴らの手口が」

定吉が憤懣《ふんまん》やる方ないという調子で言った。

「いやだ。葛葉ちゃん。あんた、どうしたのよ」

純也が叫んだ。

いつからか、葛葉は部屋の隅で真っ青な顔をしてしゃがみこんでいた。体をぶるぶる震わせている。

「かわいそうに。みんなが怖い話をするもんだから、この子、すっかり怯えちゃったじゃないの」

純也が葛葉を抱きしめた。


三河屋の二階にもどって布団を敷いていると、襖が開いてお光が顔を出した。

「さっきのあの本、返したくないんでしょう」

日乃出はうなずいた。

あの本があれば、西洋の菓子が学べる。これから先も、ずっと役に立つだろう。菓子の本はめずらしいのだ。これを手放してしまったら、いつまた、めぐり会える

ない。

アイスクリンを売ったので浜風屋には少々の蓄えができたが、日乃出自身は金がない。

「きっとすごく高いよ」

お光が言った。

「買い取ることはできないのかしら」

か分からない。

「働いた中から少しずつ返すことにすれば。あたしからも、おとっつぁんに頼んでみようか」

「ありがとう。だけど、勝次さんが納得しないと思う」

「そうだね。さっきのあの調子じゃあ反対するね」

お光はふっくらとした頬に手をあてて考えている。

「日乃出ちゃんは洋菓子が好きなんだね。やっぱりお父さんの影響かしら」

父の橘屋仁兵衛《じんべえ》はたくさんの西洋の菓子の本を持っていた。ケーキを自分で作るため、学問所に通って外国語を習ったという。

西洋菓子に強いあこがれを持つのは、どこかで父の後に続きたいという思いがあるからかもしれない。

「でも、あたしは日乃出ちゃんにもっと日本の菓子のことを勉強してほしいな。そして、勝次さんや純也さんといっしょに、浜風屋を盛り立ててほしい」

日乃出は唇を噛んだ。勝次にも同じことを言われている。

「菓子職人としては、俺達はまだまだ半人前だ。勉強するなら、まず、日本の菓子だ。何事も基本が大事なんだ。日本の菓子がちゃんと作れないのに、西洋の菓子を勉強してもどこかでつまずく。日乃出のおとっつぁんだって、菓子の基本をしっかりと身につけてから、洋菓子を勉強した。だから、薄紅を作ることができたんだ」

それはもっともだと思う。

だが、日乃出は洋菓子が好きだ。今、作りたいのだ。日本の菓子を学んでからなどと、悠長なことは言っていられない。

洋菓子は新しい時代の新しい菓子として登場した。定吉のように、獣臭いとか、乳臭いといって嫌う人も多い。だが、やがて、多くの人がケーキを食べるようになるはずだ。

アイスクリンだって、あんなにもてはやされたではないか。いずれ洋菓子も同じようになる。

だから、勉強するなら今なのだ。

「葛葉ちゃんは、どう思う？　日乃出ちゃんが、洋菓子を勉強した方がいい？　それとも、日本の菓子の方がいい？」

お光が葛葉にたずねた。

「私は……」

葛葉が小さな声で答えた。

「日乃出さんはロビンソン商会さんで洋菓子の勉強をした方がいいと思います」

「あら、どうして？　葛葉ちゃんはさっき、洋菓子を残していたじゃないの」

お光が意外そうな声を出した。

「いえ。ちゃんと最後まで食べました。私の好き嫌いではなくて、日乃出さんには洋菓子が似合うと思います」

「そう？　あたしはそうは思わないけど……」

不満そうなお光の声が響いた。

「いえ、でも、私は葛饅頭の方が好きです」

少しあわてた様子で、葛葉が言った。

「葛饅頭を食べたら、田舎のことを思い出しました。葛葉という名前はおばあさまがつけてくださいました。葛の葉がたくさん茂ってお日様の光を十分に浴びると、葛の根も育つ。葉っぱは花のように咲いて人を楽しませることもない、地味な存在だけど、なくてはならないものだ。人を助け、役に立つ人になりなさいと教えられました。日乃出さん達がよく言っている、菓子は人を支えるというのは本当だと思います。私の誕生をみんなが喜んで、幸せを祈ってくれたんです。葛饅頭は、そのことを思いださせてくれました」

「そうでしょう。そうよね。日本の菓子にはそういう力があるのよね」

お光は我が意を得たりという調子でうなずいた。


翌朝、浜風屋に行くと、勝次が待っていた。

「日乃出、朝一番で本を返しに行くぞ」

事務所が開く時間を待って、関内のロビンソン商会に向かった。

本は勝次が抱えている。

返してしまうなら、せめて夕べ一晩、じっくり眺めて過ごしたかったが、それも今となってはかなわないことだ。

「日乃出には、俺が昔、長州で戦をした話をしただろう」

勝次が言った。

「たくさんの武器を外国の商人から買った。その中にはロビンソン商会も入っていた。やつらはエゲレスやアメリカで買った値段の何倍もの値で俺達に売ったはずだ。でも、俺達は買うしかなかった。日本では性能のいい鉄砲も大砲も作れなかったから」

苦い物を食べたような顔をしている。

「だけど、どんなに金を積んでも、奴らは一番いい武器を売らなかった。人の心をなくした、ただ金を儲けることだけに夢中の、金の亡者のように見える武器商人ですら、自分の国は大事なんだ。考えてみれば当たり前だ。誰だって、自分の国がかわいい。自分の売った武器で家族や友人や知り合いが殺されるのは嫌だろう」

長州にエゲレスの艦隊がやって来た時、大枚をはたいて買った大砲はいくら撃っても敵の船に弾が届かなかった。向こうが撃った弾はこちらの陣地に降り注ぐ。一方的にやられた。やられっぱなしだ。悔しかったし、悲しかった。それが現実だと思った。

「奴らの本当の目的は日本を植民地にすることなんだ。日本人同士が戦って人がたくさん死んで、金も使い果たし、どうにもこうにもならなくなる時が来る。それをエゲレスもフランスもアメリカも舌なめずりして待っていた。俺達の仲間の幾人かは、そのことに気づいた。だけど、気づかない奴もいた。気づいても、怒りや悲しみで心が曇り、戦わずにはいられない者もいた。一番、許せないのは、気づいていながら、自分だけはうまく立ち回ろうとしたやつだ」

勝次の目は悲しい色になっていた。

「大砲や銃を撃ち合う戦は終わった。だが戦そのものが終わった訳じゃない。形が変わっただけだ。相変わらずロビンソン商会は元気だ。生糸や茶や陶器や書画骨董を売ったり、買ったりして、ますます商売繁盛だ。奴らはそうやって戦をしている。日本の富を吸い尽くそうとしている」

「だから、許せないの？　本を返せというの？」

「そうだ」

低い声で答えた。

「ロビンソン商会から見たら、浜風屋なんてちっぽけなものだ。象と鼠だ。前足で踏みつぶすことができる。それなのに、どうして近づいて来る？　何が目的だ。何を考えている」

それきり勝次は何も言わなかった。

関内に入ると、いつものようにたくさんの人が行き交っていた。その間を二人はただまっすぐ前を見て、歩いた。

やがて前方に、ロビンソン商会のレンガ造りの社屋が見えた。

ロビンソン商会の受付で名乗ると日本人の事務員が出て来て、五階の応接室に案内された。二階、三階、四階と階段を上って行く途中で、それぞれの階の様子が見えた。どの階にもいくつもの部屋があり、たくさんの人が働いている。何か書類を書いている人もいるし、会議をしている人達もいる。みんな忙しそうだった。

五階の応接室は大きな広い部屋だった。

案内をしてくれた男が中央のテーブルとソファを示し、お座りくださいと伝えたが、日乃出も勝次も座ってくつろぐ気分ではなかった。

窓の向こうには横浜港が広がっていて、何隻もの黒船が浮かんでいるのが見えた。あの中に、ロビンソン商会の船もあるのだろうか。エゲレスや清国からの荷物を運んで来たところか、それとも出て行く船か。

部屋の壁の一面は本棚になっていた。革の背表紙の厚い本がぎっしりと詰まっている。壁に飾られたたくさんの肖像画。秋の風情を描いた屛風《びょうぶ》。虎の皮の敷物。マホガニー製の大きな机。革張りの椅子。

たしかにロビンソン商会は象だ。それも巨象だ。

鼠の大きさしかない日乃出達ではいくら見上げても、象の鼻しか見えない。

その鼻を一振りすれば、転がされてしまう。

日乃出は緊張で胸がどきどきして来た。隣の勝次も額に汗をかいている。本を入れた風呂敷包みを持つ手が白くなっていた。

やがて扉が開き、タカナミが入って来た。

「いやぁ、お待たせしましたね」

タカナミは快活な様子で日乃出と勝次にソファをすすめ、自分も座った。ソファはやわらかく、腰掛けると体がぐんと沈んだ。日乃出はひっくり返らないように、ひじ掛けをしっかりとつかんだ。

「先日はありがとうございます。思いがけない贈り物もいただきました」

勝次が言った。

「喜んでいただけましたでしょうか」

タカナミが笑顔になると、白い歯がこぼれた。

「すばらしい本で日乃出は、とても喜んでいました。ですが、今日はその本をお返しにまいりました」

「おやおや、それは一体、どういうことですか。理由をお聞かせいただけませんか」

タカナミはひどく驚いた顔になった。

「このような高価な物を理由なく受け取る訳にはいきません」

勝次は風呂敷包みを開くと本を取り出し、テーブルの上においた。

「そんな風に受け取られると困りますね。先日の菓子がとてもおいしかったので、お礼の気持ちなのです。この本を日乃出さんの菓子作りに役立ててもらえれば、私はうれしい。それだけです。他意はありません」

タカナミは困ったように肩をすくめた。

「こちらは、菓子屋として当然のことをしたまでですから」

勝次が生真面目な顔で答えた。

「しかし本当にいいんですか？　この本はフランスで出版されたばかりのもので、百種類以上の菓子の作り方が出ています。すべてにできあがりの図が入っていて、解説がていねいです。だから、とても評判がいいのです。今、日本にはこの一冊しかありません。これからも入って来るかどうか分かりません。今手放したら、二度とめぐり会えないかもしれませんよ。本当に、いいのですか？　もったいないと思いませんか」

その通りです。もったいないと思っています。

日乃出はのどまで出かかった言葉をぐっと呑み込んだ。

「失礼ですが、お二人はこの本の価値を分かっていらっしゃらないのではないですか」

「いいえ。分かっております。十分すぎるくらい分かっています。ですが、縁があれば、また、その本ともめぐり会うことができるでしょう。それに、日乃出はまだ勉強の途中です。まだまだ、日本の菓子を学ばなくてはなりません。西洋のことを勉強するのはその後です」

勝次が言った。

「ふうむ、そうですか。残念ですねぇ。実は東京の菓子屋から、この本を見せてほしいと言われているんです。ご存じですか。白柏屋《しらかしや》」。タカナミは「白柏屋」とことさら強く言うと言葉を切った。

「もちろんご存じですよね。日乃出さんのご実家の橘屋さんで働いていた方たちが始めた店です。あちらも、今度、西洋菓子を作るそうなのです。でも、私は日乃出さんに渡したかった。この本は、本当に価値ある人の手に渡るべきだ」

「いいえ。結構です。もう、決めたことですから」

勝次が言う。日乃出はうつむいてその言葉を聞いた。

「そうですか。そうまでおっしゃるのなら仕方がないですね。分かりました。では、この本は確かに受け取りました」

タカナミは本を取り上げると、立ち上がり、本棚にしまった。

「それにしても、残念だなぁ。せっかくの機会なのに。私は日乃出さんにもっと頑張ってもらいたい。彼女はすばらしい才能を持っているんです。若くて伸び盛りの今ならどんどん新しいことを吸収できる。この年の一年は、三十歳、四十歳の五年分、いや十年分に値する。勝次さん、私からのお願いです。どうぞ、日乃出さんの才能を大切にしてほしい」

「それでは」

勝次がタカナミの話を断ち切るように立ち上がった。

日乃出もそれに続く。勝次は一徹で頑固だ。一度決めたことは最後までやり通す。

タカナミがなんと言おうと、自分の意見を撤回することはないだろう。

だが。

日乃出の頭の中で本の挿絵の菓子がぐるぐるとまわっている。エクレアのチョコレートと卵とクリームとバターの入り混じった甘い、濃厚な味がよみがえった。

あの菓子はまさしく稲妻だった。

青い焔《ほのお》となって日乃出の心に突き刺さり、西洋菓子への情熱に火をつけた。

あの本の中の菓子のひとつでいいから、味わってみたかった。作りたかった。

日乃出が手放せば、本はどこに行くのだろうか。やはり、白柏屋か。白柏屋は橘屋とそっくりの菓子を作り、同じような方法で売っている。本があれば、薄紅のような菓子も作れるだろう。そして今度は、日乃出達を追い越して、もっと時代の先に行ってしまうのだ。

勝次が金色のドアノブをつかんだ。扉がきしんで開く。

悔しい。悔しい。悔しい。

だめだ。このまま帰ってはいけない。

振り返って叫んだ。

「私にその本を貸してください。書き写します」

タカナミは一瞬はっとした表情になり、それから満面の笑みになった。

「もちろんですよ。そうだ。それがいい。それなら、勝次さんも構いませんよね」

勝次は苦虫を嚙みつぶしたような顔になった。

タカナミは本棚から本を引き抜くと、日乃出に手渡した。

「あなたは私が考えていた通りの人だ。機転がきいて賢い。行動力がある。役立ててください。返してくださるのはいつでもいい。ゆっくり、ていねいに写してください」

日乃出は本を胸に抱えた。タカナミが右手を差し出した。日乃出はその手をしっかりと握った。

たとえタカナミが大悪人で、これが地獄への一本道だとしても、今はこの本を手に入れたい。それは理屈ではない。日乃出の心が体が魂が欲している欲だ。

堕ちるなら、堕ちろ。

心の中で叫んだ。


その日から毎晩、日乃出は店の仕事が終わると、店の奥の板の間に陣取って、本を書き写すことにした。フランス語で書いてあるから、意味は分からない。ただ文字を正確に書き写すだけだ。

そのうちに気づいて、自分が作り方を知っているマカロンを写してみた。砂糖、卵、バター、混ぜる、泡立てるといった簡単な単語を純也に教えてもらうと、全体がつながって見えた。

複雑なように見えても、西洋菓子の基本は同じだ。バターに砂糖や卵を混ぜ、粉を合わせる。

同時に、分からないことも増えて来た。

たとえば「泡立てる」ということ。卵の黄身も白身もいっしょに泡立てる時もあるし、白身だけを泡立てる時もある。それは、なぜなのだろう。どういう風に使い分けているのかが分からない。

砂糖だけでも何種類もあるし、香辛料や酒の名前もたくさん出て来る。果物の名前も知らない物ばかりだ。純也によれば、イチゴの仲間にもいろいろ種類があって、赤も黒も黄色も、小さいのも、大きいのもあるという。

日乃出は美しい挿絵をながめてため息をついた。

もっと深く、広く、さまざまなことを知りたい。

ここに書かれていることは、西洋の菓子という大きな世界に入る扉なのだ。日乃出はやっと今、その入口に立ったところだ。その先に足を踏み込むためには、本だけでは足りない。実際に材料を手に取って、自分で作って食べてみたい。

顔を上げると仕事場で勝次が干菓子に取り組んでいるのが見えた。

日乃出がロビンソン商会から菓子の本を借りて以来、勝次は機嫌が悪い。ほとんど必要なこと以外、しゃべらなくなった。

そして、日乃出に対抗するように、横浜の菓子店の寄り合いに顔を出すようになった。中に、松弥の古い友達だったという職人がいて、勝次を引き立ててくれるらしい。勝次はその店で菓子の作り方を習い、浜風屋に戻って来て自分一人で作ってみる。それをまた持って行って見せる。そんなことを繰り返している。

西洋菓子云々の前に、まず、菓子の基本を勉強したらどうだ。

勝次の背中はそう語っているように見える。

日本の菓子が分からなくて、西洋の菓子が分かる訳がない。

勝次の言うことはもっともだ。だが、日乃出は西洋菓子の魅力にあらがえない。今、知りたいのは西洋菓子なのだ。

部屋の隅では葛葉が昼の疲れで、うつらうつらしている。

純也はいない。下田座の舞台に出ている頃だ。病気で休んだ役者の代役として立った舞台だったが、思いのほか好評で人気が出て来た。今度はついに台詞のある役をもらったという。

勝次と二人、無言の諍《いさか》いをしているというのに、どうして、純也はのんきに芝居なんかしているのだ。

ふいに腹が立って来た。

どうしてこんなにこじれたかといえば、純也のせいでもある。

芝居は夜遅くまでやっているから、純也の帰りも深夜になる。ご贔屓《ひいき》さんに食事に連れて行ってもらったりすると、朝方になることもある。当然、朝は起きられない。昼まで寝ていて、昼過ぎに起きてくる。

そういう時は、日乃出が純也の代わりを務める。

たとえば、こし餡を炊く時。

やわらかくゆでた小豆《あずき》をざるにあけ、ひしゃくで水をかけながら小豆をつぶし、下においた桶に呉《ご》（豆の中身）を受けて行く。小豆の皮が爪に張りつくぐらいに薄くなるまで完全に呉を取り出すのだ。

日乃出は純也の代わりに勝次の隣に立ち、水をかける。だが、か細いようでも純也は男だ。男と女の力は違う。しかも日乃出はまだ十六なのだ。最初はたっ、たっと調子よくかけていた水も、だんだん間隔が広がって来る。

勝次がいらいらして来るのが分かる。

「もういい。日乃出、俺一人でやる」

勝次は日乃出の手からひしゃくを取りあげた。そして、忍耐のいる仕事を一人で黙ってこなした。

純也はおしゃべりだったから、時にはうるさいほどだったが、いなくなってみると、そのおしゃべりが懐かしい。今の仕事場は静かだ。竈の火が燃える音や鍋で何かが煮える音がするだけで、日乃出と勝次と葛葉が黙って自分の仕事をしているという風になってしまった。

日乃出は小さくため息をついた。

しゃ、しゃ、しゃ、しゃ。

干菓子を作っている勝次の砂糖と米の粉をこねる音だけが部屋に響いている。

——アイスクリンが売れて、ちょっとぐらい騒がれたからって、いい気になるなよ。

その音はそんな風に聞こえた。

しゃ、しゃ、しゃ、しゃ。

——あれだけみんなで話し合って納得して本を返しに行ったのに、どうして持ち帰って来たんだ。お前は何を聞いていたんだ。

そういう風にも聞こえる。

——こんな風だと、西洋菓子も結局中途半端。蛇蜂《あぶはち》取らずになるぞ。お前は「菓子は人を支える」などと言っているが、西洋菓子でもそれができるのか。子供の頃から慣れ親しんで、たくさんの思い出がある日本の菓子だからこそ可能なことではないのか。

分かった。分かった。分かってますって。

日乃出はいらいらして、手にした筆を放り投げたくなった。

その時、入口の戸が開いて、純也が帰って来た。

「ただいまぁ。よかった。みんな、起きているじゃない。さっき、知り合いにお稲荷《いなり》さんもらったから、いっしょに食べよ」

少し酒でも飲んでいるのか、いい機嫌である。こっくり、こっくり居眠りしていた葛葉も目を覚ました。

「いらない」

日乃出は答えた。

「おお怖。お嬢様はご機嫌ななめ」

純也は板の間に腰をおろすと、くるりと日乃出の方を振り返った。そのしぐさは菓子屋というより、役者である。

日乃出はいらっとした。

「あんた、一体、どういうつもりなのよ」

「どういうつもりって、何のこと？」

純也は困ったような顔になった。

「だから、浜風屋の仕事をどう考えているかっていうこと。昼まで寝ていて、それから芝居小屋に行って、菓子なんか全然作ってないじゃないの」

「だからぁ。役者の仕事はたまたまやっているだけだもの。千秋楽が来たらおしまいにします」

「そんなこと言って、この前もそう言っていたじゃないの」

最初はお腹を壊した役者の代役で『先代萩』の御殿女中《ごてんじょちゅう》の一人になった。その次は『四谷怪談』で伊右衛門《いえもん》にからむ遊女の一人だ。

おとなしく言われた通りに演じていればいいものを、純也は勝手に自分で台詞を変えて伊右衛門と掛け合いをした。これが評判になって、今度はちゃんとした役がついた。しかも東京から呼んだ若手の注目株という触れ込みである。

口ではこれでおしまいと言っているが、また、声がかかればいそいそと出かけて行くに決まっている。

「役者がやりたいんなら、本気で役者をやれば」

「そういう訳じゃないですから」

純也はすねたように言った。

そもそも純也はずっと同じところにいたり、何かをやり通したりするのが苦手であるらしい。浜風屋で働くようになったのも、松弥に声をかけられて手伝うようになり、そのまま居ついてしまった訳で、菓子屋になりたいという明確な意思があった訳ではない。日乃出が来てからも、一度浜風屋を飛び出したことがあり、日乃出が山手《やまて》の修道院で暮らしているのを見つけて連れ戻した。

役者の世界に入れば、それはそれで競争があり、しがらみがある。今のように、ちやほやされることはないだろう。

だから、本気で役者の世界に身を置くつもりはない。ちょっと腰掛け。飽きたら、また浜風屋に戻って来るつもりだ。

「純也がいなくて、こっちは大変なの。毎日、毎日、忙しいの。とっても、とっても迷惑しているの」

日乃出は強い調子で言った。

「分かっているけどさ」

すねてみせるその様子が芝居がかっている。

「純也のバカ」

日乃出は近くにあった紙くずを投げつけた。

「もう、よせ。純也に八つ当たりしてもしょうがないだろう。言いたいことがあるのなら、俺に言え」

勝次が言った。

言えるくらいなら、とっくに言っている。言えないから、こうしてむしゃくしゃ、いらいらしているのだ。

日乃出は自分がもどかしく、悔しくてわっと泣き出した。

「今、お茶入れますから。喧嘩しないで。みんなで、仲良くお稲荷さん食べましょうよ。ね」

葛葉があわてて立ち上がった。

泣いた後の赤い目をした日乃出が葛葉と三河屋に戻って来ると、お光が待っていた。詳しく説明しなくても、なんとなく事情を察したのだろう。襖をあけて、顔をのぞかせた。

「純也さんね、すごい人気なのよ。知らないでしょう」

「知らないよ。そんなこと」

「下田座のところに、『東京の人気役者、東柳之介　ご出演』って大きな幟《のぼり》が立っているのよ。あたしのお友達も熱を上げているの。素敵ね、素敵ねっていうから、おかしくなっちゃった」

そんなに人気なら座長が純也を手放すはずがない。この次も、またその次もと声がかかっているのだろう。

「ねぇ、明日時間がある？　下田座に純也さんの芝居を観に行かない？　ね、葛葉ちゃんもいっしょに」

「うれしい。行きたいです」

葛葉が答えた。

下田座は吉田橋を右に折れ、掘割《ほりわり》を渡った先の羽衣《はごろも》町にある。東柳之介の幟は遠くからも見えた。ちょうど二幕が始まるところで、芝居小屋の入口に人がどんどん吸い込まれて行く。日乃出とお光、葛葉も小屋に入り、後ろの方に席を見つけて座った。

純也は葛葉という名前の白狐になって現れた。

昔、昔、ある強い侍が罠にかかった白狐を助け、その白狐が女に化けてやって来るという話だ。侍には妻がおり、どこか遠くに行っている。それをいいことに、白狐は妻になりすますのだ。

「ちょっと見ない間に、いい女になったなぁ」というような台詞があって、二人でいちゃいちゃしていると、本物の妻が帰って来てひと騒動……とまあ、どこかで聞いたような話である。

侍を演じるのは芸達者で知られる中堅の座付役者で、出て来るだけでぱあっと舞台が華やかになった。白狐の純也の女形もなかなかに美しい。純也が一言しゃべると客席は拍手喝采、笑い転げた。

「ね。すごい人気でしょう」

お光が日乃出の脇をつついて言った。

「うん。水を得た魚ってやつだ」

ずっと以前、まだ日本橋にいた頃、白狐が女の人に化けるという芝居を観た。たしかその時の狐の名前も葛葉だった。その時は子供が出てきたりして悲しい話だったような気がする。

葛葉というのは、白狐の名前なのか。

狐が化ける時頭に葉っぱを載せるから、それで葛葉なのか。

葛は木にからみついて成長し、ついにはその木を枯らしてしまうこともあるという。「葛葉」は悪女の役名か。

妙なことを考えているうちに、芝居は終わった。

「ああ。面白かった。ね、葛葉ちゃん」

お光が立ち上がった。

「茶店でお団子でも食べて帰ろう。たまには、浜風屋でないお団子もいいでしょう」

人の流れに交じって出口に向かった。

通りに出ると、昼の太陽のまぶしさに一瞬、目がくらんだ。その時、一人の男の影が目の隅を横切った。右頬に傷跡があった。

「お光さん。今の人」

「何、どうかした？」

お光がたずねた。

「ほら、あそこ。嘉祥の日に外国の水兵にぶつかられて喧嘩になった男じゃない？」

「えっ、どこ？」

「ほら、あのそばの屋台の近く」

「分かったわ。うん、そうかもしれない。右の頬に傷跡がある。年恰好も近い」

以前見た時はもう少しぱりっとして立派な感じがしたが、今はくたびれた着物で背中を丸め、尾羽《おは》打ち枯らした浪人者という風情である。

「あの人だとしたら、ちょっとの間にずいぶん変わっちゃったんだね」

「もう少し近づいて確かめてみようよ」

日乃出とお光が話していると突然、葛葉が大声をあげた。

「今、兄がいました」

お光が驚いて振り返った。

「葛葉ちゃんのお兄さんがいたの？」

「どこに」

日乃出がたずねた。

「あっちの方、まっすぐ堀の方へ歩いて行きました」

葛葉は顔を赤くし、口をとがらせ、必死の様子で訴えた。日乃出とお光は顔を見合わせた。この娘はまだ兄の死が受け入れられないのだろうか。

「少し、行ってみようか。まだ、お兄さんはその辺にいるかもしれないね」

お光が葛葉をなだめるように言って歩き出した。

だが、葛葉の兄に会えるはずもなく、日乃出たちはしばらくそのあたりを歩き回り、近くの茶店で休むことにした。

葛葉はがっかりしたように肩を落としてうつむいていた。

「私は日乃出さんがうらやましいです」

団子を食べながら、葛葉がぽつりと言った。

「あんな風に、勝次さんや純也さんと喧嘩ができるのは、仲がいいからです。喧嘩しても仲直りができると分かっているからです」

「そんなことないよ。本当に腹が立ったから、我慢できなくて怒っちゃったんだ」

「私にはそういう人はいません。本当の気持ちを聞いてもらいたくても、言えないんです」

葛葉の目から大粒の涙がぽたりと落ちた。

「兄とならば喧嘩ができました。でも、その兄も、いなくなりました。ひとりぼっちです」

洟《はな》をすすりあげた。葛葉がいつも日乃出やお光の顔色をうかがっていることには気づいていた。勝次や純也に嫌われないよう、邪魔と思われないよう一生懸命働いていることも知っていた。葛葉は浜風屋を出されたら、行く所がないのだ。日乃出はそんな葛葉がいじらしくなって体を抱きしめた。

「葛葉も浜風屋の一人なんだよ。だから、言いたいことがあれば言っていいんだよ。喧嘩しても大丈夫なんだから。また、仲直りできるんだよ」

「そうよ。おとっつぁんもおっかさんも、葛葉ちゃんのことは心配しているのよ。自分の家だと思って、いていいんだよ」

お光も葛葉の背中をなでながら、涙をぽろぽろとこぼした。

三、重ね菊の哀しみ

九月になった。気がつけば空が高くなり、まぶしく力強かった日差しが日ごとにやさしくなって来る。

タカナミから借りた本の写しは順調に進んでいる。全部写し終わったら、この本ともお別れだ。そう考えると日乃出は名残惜しく、つい手が止まってしまう。

ページをめくるたび、美しい菓子の絵が目に飛び込んで来る。日乃出が一番好きなのは、最初のページ。見開き一杯にたくさんの菓子が描かれているページだ。クリームを飾ったケーキ、チョコレート、果物のパイに、プディング。もう何度も見たので、菓子の名前も大まかな作り方も分かっている。

一体、どんな味がするのだろう。

純也にたずねると、とろけるようだとか、ほっぺたが落ちそうとか答えるが、こればかりは自分で食べてみないと分からない。

はじめてエクレアを食べた時、心をぎゅっとつかまれたような気がした。

この本に描かれているバターケーキもパイもプディングも、同じように日乃出の心をとらえるだろう。そして、次には自分でも作ってみたいと思うに違いない。

父の仁兵衛は早くから西洋の菓子に関心を持っていた。外国の菓子の本を手に入れ、それを読むために学問所に通った。侍たちに交じってフランス語を学び、自分でも作っていた。そうして生まれたのが、薄紅という菓子だ。

父も今の日乃出と同じような気持ちで、外国の菓子の本を眺めていたのだろうか。

日乃出は菓子の絵をそっとなでた。

父が生きていたら、外国の菓子についてもっといろいろ教えてもらえるのに。

その父は昨年暮れ、白河《しらかわ》の関で斬られて亡くなった。重要な使命を帯びて会津《あいづ》に行く途中だと聞いた。

覚悟の旅でもあったらしい。

立派な最期に違いない。

だが。それでも娘は思ってしまう。生きて帰る道はなかったのか。

日乃出は小さくため息をついて机の脇の白い封筒をながめた。

それはロビンソン商会のタカナミが日乃出宛てに届けて来た招待状だった。

「十日後、妹のマリーの誕生日パーティをいたします。友人、知人が集まる小さな、気軽な集まりです。マリーも日乃出さんに会うのを楽しみにしています。コックにたくさんの西洋菓子を作らせています。お菓子を食べに来るだけでも勉強になると思います。ぜひ、浜風屋のみなさまでいらしてください。お待ちしています。

タカナミ・トーマス・ロビンソン」

流麗な毛筆の文字の最後に、癖のある字でタカナミのサインがあった。

西洋人は自分が生まれた日を盛大に祝うのだそうだ。だが、その誕生日パーティになぜ日乃出達が呼ばれるのか。

ロビンソン商会は善次郎との付き合いが深いとも聞いている。のこのこ出かけて行ったら、何が待っているのか。

勝次や純也に相談するまでもない。日乃出はすぐさま使いの男に断りの返事をした。

「それは大変残念です。タカナミ様もマリー様もがっかりされますでしょう。日乃出様がおいでになるからと、今回はいろいろ新しい菓子も用意するつもりでした」

使いの男はいかにも残念という顔をした。

本当のことを言えば、日乃出はその百倍も残念だ。

ロビンソン商会の厨房にはフランスから呼び寄せた菓子職人がいるそうだ。その男が作る菓子は、フランスの一流店と同じ味だという。

そんな菓子が食べられる機会はめったにない。

日乃出達が作ったアイスクリンとは比べ物にならない、本物の西洋の味なのだ。

日乃出はゆっくりと本を閉じると、風呂敷で包んで棚の上に載せた。

その日、風が吹いて海は波が出ていた。カモメ達が高い声で鳴き交わしている。

海岸通りの潮騒会館に日乃出は菓子を届けに行く途中だった。涼しくなったせいか菓子の注文が増えた。四人で手分けして届けても間に合わないほどだ。

潮騒会館に品物を納めて出て来ると、数軒先に新しい建物ができたことに気づいた。レンガ造りの五階建て。西洋風の立派な建物である。

会社の事務所になるのだろうか。

通り過ぎようとして足が止まった。どこからか甘いクリームとバターの香りが流れて来た。

菓子だ。西洋菓子を焼いている。

日乃出は思わず周囲を見回した。

香りは建物の脇の小さな換気口から流れて来る。

日乃出は換気口の下に吸い寄せられた。一体、何を焼いているのだろう。ふんわりとやわらかく、しかも香ばしい。以前行った山手の修道院のアンナの厨房にもこんな香りが溢れていた。アンナは本物のクリームとバターをたっぷりと使っていた。とすると、この厨房でもそうした上等の材料を使っているのか。

しかし、これほど本格的な西洋菓子を焼く店が横浜にあっただろうか。

東京から新しくやって来た店か。

できたばかりの立派な建物に店を出すなんて、小さな菓子屋にはできない。人も相当使い、資金も潤沢《じゅんたく》にあるということだ。

まさか……白柏屋。

日乃出は急に胸がどきどきして来た。

背伸びして窓から中をのぞこうとした瞬間だ。

「日乃出さん。日乃出さんでしょう」

振り返ると、タカナミがにこにこして立っていた。

「さっき、店の前を通ったでしょう。ちらっとあなたの後ろ姿が見えました。急いでお呼びしようと出て来ました。そんなところで何をしているんですか。どうぞ、中にお入りください」

「いいえ。まだ、仕事中ですから」

「本当にいいんですか？　ちょうどケーキが焼きあがったところです」

「でも……」

そう言いながら日乃出の足は一歩踏み出している。

「さあ」

「ならば少しだけ」

日乃出はうなずいてしまった。

「ここはお店なんですか？」

入口を入ると正面に大きな階段があり、左側に扉がある。

「クイーンズホテルになるんですよ。一階はレストランと西洋菓子の店。二階から上は客室です」

床も壁も白い大理石だ。顔が映りそうなほど磨かれて、歩くと足がすべりそうだ。天井にはシャンデリアが光っている。

「クイーンというのは、日乃出さん、分かりますか。女王陛下のことです。イギリスは女王陛下が治めています。クイーンズホテルというのは、最高のホテルという意味なんですよ」

タカナミは扉を開けて日乃出を中に案内した。窓の多い、明るい大きな部屋で、白い帽子と服を身に着けた青い目の外国人が立っていた。

「本当にいいところに来ましたよ。彼はピエール。フランスから来た菓子職人です。今日は試食会なので、いろいろな菓子があります」

ピエールは腕にもお腹にもたっぷりと肉のついた大柄な男で、丸い頬はピンク色に染まっている。ピエールがかぶっている白い高い帽子は、ここの最高責任者という意味なのだそうだ。

「ケーキはこちらです」

タカナミが中央のテーブルを指し示した。中央には白いクリームとスポンジケーキを何段にも重ね、オランダイチゴを飾った菓子があった。隣は二種類のチョコレートと木の実のケーキだ。エクレア、パイ、プディング……。本で見るだけだった菓子が目の前に並んでいる。甘い香りに日乃出はくらくらした。

「これ、全部、ピエールさんが作ったんですか」

日乃出の声が裏返っている。

「もちろん」

タカナミが答えた。

「バターもミルクも横浜の牧場に作らせた新鮮なものです。果物や木の実は清国から。ヨーロッパから取り寄せた材料もあります。できるかぎり、ヨーロッパと同じ味の物を作りたいのです」

それがどれほど贅沢なことか、日乃出にはよく分かっていた。

「だから本物の菓子を食べたい人はここに来るしかないんです。どこでも手に入るものに人はお金を払いません。さあ、どれから食べてみますか?」

「私も食べていいんですか?」

「日乃出さんのような味の分かる、熱意のある方に食べてもらうのが一番です。まずはアイスクリンから行きましょうか」

ピエールと呼ばれた男は笑みを浮かべ、少しずつ皿に載せて行った。赤、黄、白、緑。皿の上は花畑のようになった。日乃出達が売ったアイスクリンは牛乳味とオランダイチゴの味の二種類だった。この二つを手に入れるだけでも、大変だったのだ。

でも、ここにはもっとたくさんの味がある。

日乃出は赤いアイスクリンをさじですくってそっと口に運んだ。

ひんやりと冷たく、甘酸っぱい味が広がった。

黄色は卵の味。白は牛乳。瓜のような野菜の味。木の実の味。ほろ苦いもの。はじめて食べる不思議な味。異国の香り。謎めいた味。

日乃出の知らない味や香りがたくさんある。

「他の菓子もありますよ。全部、一通り食べてみますか？」

タカナミが言うと、ピエールは白い皿に次々と菓子を載せた。白いクリームとオランダイチゴ。エクレア。マカロン。パイ。サクサクと軽やかな焼き菓子。ぶどう酒で煮た果物。泡を固めたようなやわらかい菓子。赤、白、黄、緑、茶。皿の上は色彩で埋め尽くされた。

日乃出はどこから手をつけていいのか分からなくなった。皿を手に持ったまま、ただ眺めていた。西洋菓子の世界は果てしないほど広い。そのすべてを学ぼうとしたら、一体、どれだけの時間がかかるだろう。

「一度に食べなくても大丈夫ですよ。箱に詰めて、おみやげにいたしましょう。さぁ、次は私たちの厨房をお目にかけましょう」

タカナミは歩き出し、部屋の奥のドアを開いた。

そこも明るい大きな部屋で、天井も壁も真っ白だった。ピエールと同じような白い服を着た男たちが六、七人、働いている。あるものは野菜を刻み、あるものは鍋に向かい、あるものは半球の器を抱えて卵白を泡立てている。

「ここでは料理と菓子の両方を作ります。西洋式のオーブンも入っています。西洋の料理や菓子を作るには、オーブンがなくてはね」

浜風屋の厨房にはオーブンがなく、薄紅を作る時にいつも苦労しているのだ。

「いかがですか？　面白いでしょう」

タカナミはたずねた。

「すばらしいです」

日乃出は夢見心地で答えた。

さっきの菓子はこの厨房で作ったのだ。

本当においしいケーキやパイを作ろうとしたら、本格的な西洋式の厨房が必要だ。それがここにある。

日本ではなかなか手に入らない、めずらしい材料もある。

「世界中から物を集めて、必要なところに届けるのは私達の仕事です。それが専門ですからね。当然です」

タカナミは白い歯を見せて笑った。

「さぁ、ここでお茶にしましょうか」

厨房全体が見渡せる一角に、小さなテーブルと椅子を用意させた。香りのいい温かいお茶が運ばれて来た。

「本当は、誕生日パーティに来て、このホテルを見ていただこうと思っていたのですが、お忙しかったんですよね。今日はいい機会です」

勧められるまま、日乃出は器を手に取った。お茶は赤みをおびた美しい色をしていた。ミルクと砂糖を加えて飲むものらしい。

このお茶もいくつも海を越えて来たのだろう。はるかな異国の味がした。

「日乃出さん、私達といっしょに仕事をするお気持ちはありませんか？」

タカナミが言った。

「このホテルで働くという意味ですか？」

「そうです。あなたはここで日本の菓子を作り、ピエールが西洋の菓子を作る。あなたはピエールから、直接、西洋菓子の作り方を学ぶことができます。今、一番新しい、進んだ技術です」

「つまり、浜風屋を辞めるということ？」

「浜風屋の二番目の店という形にしていただいても結構です。こちらは、日乃出さんが主に関わり、野毛の店はお二人で守っていただく。店名は、浜風屋でも、日乃出庵でも、もちろん橘屋でも構いませんよ。お支払いは売り上げから歩合にしてもいいですし、毎月、金額を決めて報酬とさせていただいてもよいですよ」

「どうして、私にそんなことを言うんですか。横浜には、上手な職人がたくさんいるではないですか」

日乃出は言った。タカナミは「そこです」と大きくうなずいた。

「私が求めているのは、日本の西洋菓子を背負う人材です。バターの味が苦手だ、クリームが好きになれないという人は西洋菓子の入口に立てない。職人として己の技術の向上だけを目指す人も困る。十人、二十人という職人を束ね、ホテル全体の運営に関われる人がほしい。あなたは橘屋という大店《おおだな》の娘だ。百人、二百人という人を使うのはどういうことか、子供の頃から見て分かっている。しかも、父上は早くから西洋菓子に興味を持っていた。あなたにはその血が流れている。あなたのアイスクリンを食べて私はそのことを知りました。あのアイスクリンは私達にはできない。日本人である、日乃出さんだから作れた味だ」

「みんなで相談して作ったものです。私だけの力ではありません」

「でも、あなたがいなかったら、できなかったものだ」

タカナミは額にかかった栗色の巻き毛を細い指でかきあげた。

「日乃出さんは浜風屋に収まる人ではない。あなたの器はもっと大きい。いずれ、あの店を出て行くことになります。それなら、私達のところに来ていただきたい。今、西洋菓子を学べば、あなたは横浜一になれる。横浜一ということは、日本一ということです。あなたなら、日本で一番の西洋菓子の職人になれる」

日乃出の心に、一番という言葉が響いた。

橘屋は江戸で屈指の菓子屋だった。誰もがその名前を知っていたし、お届け物には橘屋の菓子でなければならないと、遠くから足を運ぶ人も少なくなかった。

タカナミが言っているのは、そういう菓子屋になれということか。

うはずはない。
だが、純也は何と言うだろう。ロビンソン商会を毛嫌いしている勝次がうんと言
「日乃出さんが何を考えているのか、分かっています。私達は武器を扱っていたか
ら、死の商人と呼ばれていました。あなたの敵である善次郎とも取引がある。それ
以外にも嫌なこともたくさん聞いているでしょう。たしかに、兄のジェイムズは少々
荒っぽい商売をします。それは認めます。だが、私は兄とは違う。私には半分、日
本人の血が流れている。だから、日本が好きなのです。なにより、あなたの才能を
認めている。日乃出さんは知恵もある。才覚もある。私は日乃出さんといっしょに
新しい菓子作りをしたいのです」
「もし、私が断ったらどうなりますか」
タカナミは両手を広げ、肩をすくめた。
「兄が推している東京の菓子屋が入るでしょう。善次郎さんが出資している店です
から、あなたも名前をご存じの店です」
白柏屋ということか。
あの店が日本一になるのか。
底意地の悪そうな己之吉《みのきち》の顔が浮かんだ。
たくさんの人が出入りしてにぎわっている、日本橋の白柏屋の店先の様子が思い
出された。白柏屋は橘屋の売り方をそっくりそのまま真似て商売をしている。饅頭

の姿も掛け紙も同じ……。

日乃出が考え込んでいると、タカナミは悲しそうな顔をした。

「迷っていますか？　私だって、白柏屋に来てほしくない。だから、こうして日乃出さんに特別にお話をしているのです」

タカナミのとび色の瞳が日乃出をまっすぐ見つめている。このままここにいたら、「はい」と返事をしてしまいそうだ。

日乃出は立ち上がった。

「考えさせてください」

足早にホテルを出た。


浜風屋に戻るころには日が陰っていた。仕事場に行くと、美浜堂《みはまどう》の若主人の作太《さくた》郎《ろう》が来ていた。美浜堂は横浜では一、二を争う大きな店で、餅菓子から羊羹、茶席菓子まで幅広く扱っている。二代目主人の作太郎は、人柄の良さがそのまま顔に出ているようなおっとりとした雰囲気の中年である。勝次や純也と何か相談をしていた。

「日乃出、遅かったじゃないか。どこに行っていたんだ。待っていたんだぞ」

勝次が言った。

「そうよ。潮騒会館の届け物にどれだけ時間がかかっているのよ」

純也も続ける。

「うん。ごめん。ちょっと人に……」

日乃出はタカナミに会ったことを話そうとした。その言葉を聞かずに、純也がしゃべりだした。

「根岸《ねぎし》の競馬場で園遊会《えんゆうかい》を開くんだって。横浜にいる主だった人がみんな集まるの。日本人だけじゃなくて、外国人も。東京からも明治新政府のお偉いさんを呼ぶのよ。そこで、ずらっと日本の菓子と西洋の菓子を並べて、味比べをするんだよ」

「日乃出さん、私たちも負けていられませんよ」

美浜堂の作太郎が上気した顔で言った。

勝次達が園遊会について次々と話すので、日乃出はタカナミのことを伝えるきっかけを失ってしまった。

「百味菓子《ひやくみがし》を作ろうと思っているんだ」

勝次が菓子見本帳を取り出した。百味菓子というのは百種類の菓子を二十種類ずつ、五段の箱に詰めたもので、宮中や将軍家の献上品などに使われた。ひとつひとつに細かな細工がほどこされた、色とりどりの美しい菓子だ。

ふだんの菓子に比べたらずいぶん大きく作るが、それでも西洋の菓子の豪華さには及ばない。日乃出は昼間、タカナミのホテルで見た西洋菓子のことを思い出していた。室内ならともかく、屋外の広い場所に並べるのならもっと立体的な、人を驚かすようなものでなければならないだろう。

「なんだ。日乃出、あんまり楽しそうじゃないな。百味菓子じゃ不足か」

勝次がたずねた。

「ううん。そうじゃないけど」

「園遊会はあの山倉のお声がかりなんだそうですよ。私はあの男のことをよく知っています。だから、今回だけは絶対に負けたくないんです」

作太郎が言う。

「日乃出、覚えている？　山倉ってアイスクリンを食べに来た、あのおたふく豆よ。息子が欲張ってお腹がごろごろいったくせに、こっちのせいにしようとした男」

純也も言葉に力をこめた。

「そういう奴なんだ。あいつは隣村の生まれで、松下村塾《しょうかそんじゅく》に来ていた。いっしょに下関で戦った。上にはへつらい、下には辛くあたる。手柄のためなら仲間を危険な目にあわせても平気だ。そうして、のしあがって行った。そういう卑怯な男だ」

勝次は吐き捨てるように言った。

「俺は卑怯な奴は嫌いだ。あっちにも、こっちにも、いい顔をする奴。自分だけが可愛い。まわりはどうなってもいい。そういう奴は大嫌いだ。絶対に許さない」

勝次の言葉は止まらない。

「そうそう。その意気で取り組んでくださいよ。横浜の菓子屋の威信がかかっているんだから」

作太郎も頬を染める。

日乃出はとうとうその日、タカナミと会ったことを話せなかった。


九月十三日は後《のち》の月だ。ひと月前の中秋の名月を「芋名月」と呼ぶのに対し、九月十三日の月は「豆名月」とか「栗名月」と呼ぶ。十五夜の月と十三夜の月はどちらも月見しないと片見月《かたみづき》でよろしくないというのは、誰が考えたことだろうか。夜ごと、吉原の遊郭や料亭では月見の宴が開かれ、客は何度も足を運ぶことになる。

浜風屋は今年、求肥《ぎゅうひ》餅で白、紅、碧、青に染めた月見団子を作った。十五夜にちなみ十五の団子を三方に積み上げる。白一色の団子より華やかで、食べてもおいしいと評判になった。白い薯蕷《じょうよ》饅頭に焼印で耳と目をつけたうさぎも今年の新作で、これも注文が入る。

日乃出はずっしりと重い菓子の包みを持ちなおした。これから下田座の近くの料亭、桔梗《ききょう》家に届けるのである。

あれから数日が経ったが、日乃出はタカナミに返事をしていない。

断るには、あまりにも魅力的な申し出だった。

本物の西洋菓子を学ぶことができるし、浜風屋の名前を使える。そして、浜風屋は日本一の店になれるのだ。

一番になりたい。

最近、日乃出の心を占めている思いはそれだった。

浜風屋は四人で回している店だから、すべてを四人で分担している。朝の掃除からはじまって水汲み、まき割り、客の応対、配達、帳簿つけ。菓子を作ったり、菓子について考えたりする時間よりもそうした細かな仕事に割く時間の方が多いくらいだ。

それを考えたりすると、日乃出はいらいらしてしまう。

ああ、もったいない。

人手があって、細かな雑事から解放されたら、もっといい仕事ができるのではないか。

今、こうして菓子を運んでいる間にも、白柏屋の職人が菓子について考えている。学んでいる。日乃出のずっと先を行ってしまうかもしれない。

菓子を作りたい。菓子について学びたい。

一流の、最高の、一番の菓子職人になりたい。

なりたい。なりたい。なりたい。

白柏屋には負けたくない。

だが、タカナミの申し出をどうやって勝次に伝えよう。へたに言い出したら言下に否定され、二度とその話題は持ち出せなくなるだろう。

早く返事をしないと、白柏屋に決まってしまうかもしれない。日乃出の頭の中は白柏屋に先んじたいという気持ちで一杯で、他のことは考えられない。

じりじりする思いを抑えようと、奥歯をぐっと嚙みしめた。

桔梗家に菓子を納めて出ると、堀があった。吉原の周囲をぐるりと囲っている堀は水がよどんで、ごみが浮かんでいた。

その堀の水面を眺めている女の姿があった。

墨色の地味な着物に白い刺繡《ししゅう》の帯を締めている。日乃出の視線に気づいて女が顔をあげた。薄い化粧の顔になんともいえない艶があった。鷗輝楼のお利玖だった。

「これはしまったところを見られたね」

お利玖が言った。

粉をはたいただけのようなお利玖の顔は意外なほど小さく、目じりに細かなしわがあった。

「少し時間はあるかい」

お利玖は言った。

「ちょっとだけなら」

日乃出は答えた。

お利玖がいつものように着飾って、濃い化粧をしていたのなら日乃出は断っただろう。だが、目の前にいるお利玖は素の顔をしていた。

「この先に、私の家がある。姉と二人で住んでいるんだ」

お利玖は歩き出した。料亭と料亭の建物の間にはさまれるように、小さな古い二階家があった。横浜一の妓楼のおかみの住まいとしたら、ずいぶんと質素である。

家の中には漢方薬の臭いが漂っていた。床はきれいに磨かれて、畳は掃き清められて綿ぼこりひとつ舞っていない。姿は見えないが人の気配がある。耳を澄ますと、何か重い物を引きずるような鈍い音がしていた。

座敷に座ると、小女が茶を運んで来た。

「薬臭いだろう。すまないねぇ。奥の間に姉が寝ているんだよ。廓《くるわ》の病気だ。もう治らない」

お利玖は静かに語った。

「私の生まれは長崎の小さな島だ。姉は私のひとつ上。七人兄弟で上二人が男、女が三人続いて、姉と私だ。父は漁師で海で死んだと聞かされたけれど、本当かどうか分からない。ひどい貧乏でね、母はよその家の畑仕事を手伝っていた。物心ついた時には兄二人は奉公に出ていた。年が明けるたび、姉達は順にいなくなった。廓に行ったんだと近所の人から聞かされた。だから、いずれ自分もそうなるのだと思っていた。母のことは恨んでいない。生きるためには仕方がなかったんだ」

お利玖が離ればなれになっていた姉のことを聞いたのは、長崎の丸山《まるやま》で少しは知られた遊女になってからだ。手を尽くし、ようやく捜し当てた時、姉はある妓楼の奥の間に打ち捨てられるように寝かされていた。

「器量よしで心根がいいってんで、大変な人気だったそうだよ。それでも客が取れなくなればば厄介ものさ。女郎は人じゃない。金を稼ぐ道具だから。役に立たなければ捨てられる。だから私が引き取って薬代を払った」

お利玖は寂しそうに笑った。

「おかしいね。それからなんだよ。私に運が回って来るようになった。善次郎と知り合って横浜に来た。客あしらいがいいっていうんで、小さな店をまかされた。それが流行って鷗輝楼を取り仕切るまでになった」

遠くを見る目になった。

「私の仕事がうまくいけばいくほど、姉の病は重くなる。もうどんな薬も効かない。全身から膿《うみ》が出て、痛くて、苦しくて。あの病気は最後は頭に来るっていうけど、姉の頭ははっきりしている。やせ細って骨の形が見えるようだ。肌は薄くなって真綿で触れても血がにじむんだ。それでも私が行くと、こうパッと目を開いて見るんだよ。頑張りな。頑張りな。あんたはあたしの誇りだよ。あたしの分も、兄さんや姉さんの分も生きて、うまいもの食べて贅沢して、楽しい日を送るんだよ。のどから絞り出すような声で言うんだ」

障子《しょうじ》を閉めきった部屋の空気はよどんで、そよという風も通らない。一日中煎じている漢方薬の蒸気のせいだろうか、天井も柱もいぶされたように黒ずんでいた。

「私がこうして元気でいられるのは、姉が私の業《ごう》を全部背負ってくれたからだ。騙したり、裏切ったり、蹴落としたり、人には言えないようなことを散々やって来た。その恨み、つらみを姉が私の代わりに受けてくれている。昔からそうだった。姉は心のきれいな、やさしい子でね、海岸に打ち上げられた魚がかわいそうだって涙を流すような子だった。だから、もういいよ、もういいよって言ってもさ、私の代わりに罰を受けてくれているんだ」

　重い物を引きずると思った音は、お利玖の姉の声だったのか。死の床にあるという姉は今、どんな姿をしているのだろう。日乃出は申し訳ないと思いつつ、恐ろしさに体が震えた。耳をふさいでも、その声は追いかけて来るようだった。お利玖はその声をじっと聞いている。障子を通したやわらかな光に照らされたその顔は、凄絶といえるほど美しかった。生きるっていうのはこういうことだよ、女が働くというのはこれなんだ、あんたにその覚悟があるかい。お利玖にそう問いかけられている気がした。

「私はね、どこまでも生きて、昇って行くつもりなんだよ。姉がそれを望んでいるんだ。鷗輝楼はまだ途中だ。もっともっと上をめざす。毎日、言っているんだ。ねぇちゃん、分かったよ。分かったからね。私がみんなの分も生きるからね」

お利玖はふっと笑った。

「つまらない話だったね。日本橋のお嬢ちゃんには想像もつかないだろう。この話をしたのは、二人目だ。一人は善次郎。次があんた」

「どうして、私に？」

「なんでだろうねぇ。自分でもよく分からないよ。こんなことを言ったらあんたは怒るかもしれないけど、なんだか気になるんだよ」

日乃出も同じことを思っていた。

お利玖を恐ろしい魔性の女だと言う人は多かったが、日乃出はそうは思わなかった。最初に野毛山の善次郎の屋敷で出会った時から、お利玖のことが心にかかっていた。お利玖は自分の意見を持っている。自分で考え、自分で決める。強くて恐ろしくて、やさしい。日乃出が会ったことのない女だった。

「聞いたよ。あんた、タカナミさんから声がかかっているんだってね」

「はい」

日乃出は素直に答えた。

「西洋じゃ、幸運には後ろ髪がないって言うそうだよ。波が来たら、しっかり乗るんだ」

「だけど……」

「迷っているのかい。そうだろうね。みんな反対するだろう」

「はい」

「何か新しいことをしようとしたら、周りは反対するよ。とくにあんたみたいな年《とし》若《わか》の子ならね。だけどさ、新しいことをするのは一人ぼっちで山に登るようなものなんだ。そりゃあ淋しいよ。心もとないよ。だけど、自分の力だけを頼りにやらなきゃだめなんだ」

　お利玖は日乃出の顔をじっと見た。

「今が正念場だ。あんたの勝次は正義だの、なんだのって言うだろう。だけど、正義ってなんなんだよ。正義なんか、誰かの都合でくるっとひっくり返るじゃないか。誰が敵で、誰が味方か。手を握ったり、裏切ったり、あちらでこう言い、こちらでああ言い。私は長崎で、そんな男たちをさんざん見て来た。誰かさんの手の上でくるっとひっくり返された正義は、今度は別の男の手に。そうやって、順繰りに回って落ち着くところに落ち着いた。それが今の世の中だ。うまいこと立ち回った奴もいれば、貧乏くじを引いた奴もいる。それだけのことだよ」

　攘《じょう》夷《い》だ、開国だ。揺れ動く幕末の世界を、お利玖は男達の機嫌を取りながら見ていた。そうして己の力を頼りに泳いで来たのだ。

「ひとつ教えてやろう。この一、二年で世の中を動かしている力が変わった。いいかい。今まで、世の中を動かしていたのは侍の理屈だった。あんたや勝次の好きな忠孝義という奴だ。ところが明治になって、今度は西洋の理屈に変わった。日本は西洋の進んだ文明を取り入れて、一日も早く西洋の仲間入りをしなくちゃならないからね。あんたが侍の理屈を大事にしたいと思うのなら、それは心の中だけにしな。そうして、頭の方は西洋の理屈に切り替えるんだ」

「それが経済ということですか」

日乃出はいつか善次郎に言われた言葉を思い出して言った。

「そうだよ。経済。金の動きだ。刀の代わりに、金が力を持つ。人を動かす」

どうやったら金をつかめる。

お利玖はふふと笑った。何を寝呆けたことを言っているんだ。自分の胸に聞いてみな。あんたはとっくに答えを出しているじゃないか。お利玖の顔にはそう書いてあるようだ。

日乃出はうつむいた。不機嫌そうな勝次の顔が浮かんで消えた。

小女が顔を出した。

「お嬢さんを外まで送ってあげておくれ」

お利玖が言った。


気がつくと、日乃出は掘割の傍でぼんやりと佇んでいた。お利玖に会い、家に行ったことも夢の中のように思えた。

浜風屋に戻ると、勝次が分銅秤《ふんどうばかり》で粉を量っていた。

「今日、昌文堂《しょうぶんどう》に行ったんだ。重ね菊のことを褒められた」

重ね菊は小菊の姿の干菓子で、はんなりした色を出そうと、勝次は何度も試作していた。

「あそこの主人は厳しいからな。ちょっと心配していたんだ。ずいぶん、腕があがりましたねって言われたよ」

勝次はうれしさを隠しきれない。

日乃出は砂糖を入れた袋を取り出して、勝次の横に並べた。

「さっき、例の西洋菓子の本を少し見せてもらった。西洋の菓子の名前はつまらないな」

「そうかなぁ」

「そうだよ。あんずのタルトとか、チョコレートのムースとか、材料と製法を説明しているだけじゃないか。情緒ってものがない。そこへ行くと、日本の菓子はいいね。こぼれ菊、乱菊、仙家《せんか》の友。ひとつひとつに味わいがある。季節や人の思いを伝えている。菓銘を味わうっていうのも、菓子の楽しみのひとつなんだ」

愛用のもの、すぐれたものに銘をつけるということは、いつごろから始まったのだろうか。盛んになったのは、茶道の隆盛と重なるのではないだろうか。菓子も季節や和歌、歴史にちなんだ耳触りのいい菓銘がつけられる。

ひっくり返せば、日本の菓子は味の幅が狭いということでもある。小豆に米粉、砂糖など限られた素材で作る日本の菓子は味が似通っている。西洋菓子はクリーム、バター、リキュール、木の実、果物とさまざまな素材を自由に取り入れ、重層的な味を作りだす。日本の菓子が精緻な箱庭の世界なら、西洋菓子の世界はどこまでも大きく広がっていく建築物のようなものだ。

二つのものは、目指す方向が違うのだ。

しかし、日乃出は黙っていた。

言えば勝次は怒るだろう。日本の菓子が上か、外国の菓子が上かで言い争いたくはなかった。

日乃出はお利玖に会ったことを話さなかった。いや、話せなかった。

また、秘密が増えてしまった。

その日、日乃出が浜風屋に戻ったのは、夕暮れが近かった。

作業台の上に勝次が作ったらしい八重咲きの菊の煉《ね》り切りがあった。最初に丸い形を作り、へらで百とも二百ともいう細かな花びらをつけていくのだ。花びらは正確に同じ大きさ、同じ形で、均等に円を描いてつながって、美しい花の形を作っていた。

いつ、これほどの技を身につけたのだろうか。

勝次が剣の道を志していた頃、毎朝、素振り千回、駆け足二百回を繰り返していたそうだ。そんな風に、菓子の技術も愚直にひたすら繰り返し、修練を重ねて来たのかもしれない。

才能とか、天性の感覚とか、橘屋の血とか、人はいろいろなことを言う。日乃出はそれらの甘い言葉に酔っていた。その間に、勝次は自分のやるべきことをやって来た。

父はよく、職人は器用ではいけないと言った。

不器用な者はそれだけたくさん練習する。だから、大成するのは不器用な者だ。大きな仕事を残すのは、自分ではなく、勝次のような者かもしれない。

日乃出は菊の煉り切りを眺めていた。

「なんだ。日乃出、帰っていたのか」

勝次が二階から顔を出した。声がとがっている。

「ちょっと、話がある。そこに座れ」

板の間を指さした。

「日乃出、何日か前、タカナミのホテルに行ったそうだな。どうして、そのことを俺達に言わなかった。俺は隠し事は嫌いだ」

勝次は太い眉の下のぎょろりとした大きな目で日乃出をにらんだ。

「隠すつもりはなかったんです。言おうと思ったんですけど……」

「けど何だ」

「なかなかその機会がなくて……」

「機会なんていつでもあるだろう。いつも一緒に仕事をしているんだから」

「そういう時じゃなくて、もっと落ちついてゆっくり話ができるというか……」

「言い訳をするな」

勝次の剣幕に日乃出は震えあがった。

「だから、つまり、あの日は潮騒会館に菓子を届けたら、新しい建物ができていて、菓子を焼いている香りがしていた。そうしたらタカナミさんが顔を出して……」

「そんなことを聞いているんじゃない。どうして、そのことを、俺達に話さなかったと聞いているんだ」

「すみません」

日乃出は小さな声で返事をした。

「今日、タカナミ本人がここにやって来た。日乃出さんにお話ししたことはどうなりましたか。そろそろお考えいただけましたかと、聞かれた。俺は何も聞いていないと答えた。タカナミは困った様子で、それでもていねいに説明してくれた。びっくりした」

「断ったんですか」

何よりそのことが気になった。

「日乃出に来た話だから、日乃出が返事をすると答えた」

それきり、勝次は何も言わなくなった。やがて、ぽつりと言った。

「日乃出はあの話を受けたいんだな」

「そういう訳じゃないんです」

「だったら、なぜ、すぐ断らない。あのホテルがどういう土地に立つのか知っているのか。三河屋さんの仲間が土地をだまし取られて首をくくったという話を聞いているだろう。それが、あの土地なんだ」

そうか。

あの話の土地か。

日乃出は唇を噛んだ。

「もうひとつある」

勝次はギロリとにらんだ。

「はい」日乃出は堅くこぶしを握りしめた。

「昨日、掘割の近くで日乃出を見かけた人がいる。お利玖と話をしていたそうだ」

「それは……」

「お利玖の家に行ったというのは本当か？　何の話をしたんだ。どうして、そのことを黙っていたんだ」

「だから、それは……」

「日乃出はどっちの仲間なんだ。そんなに俺達のことが信じられないのか」

「そういうことじゃないです。そうじゃなくて」

それなら、何なのだ。

「タカナミがなぜ日乃出に西洋菓子を勧めるのか、考えたことがあるのか？　菓子や高価な本をただの親切心でくれると思うか？」

日乃出は口ごもった。西洋菓子をもっと知りたい、つくりたいという思いが先に立って、そこまで考えたことはなかった。

「日乃出は善次郎と争って打ち負かした娘だ。その日乃出がタカナミと親しい。それを聞けば、人々はタカナミへの警戒心をゆるめるだろう。外国人だし、善次郎とのつきあいも噂されているが、案外、根はいい人かもしれない。付き合ったら得になるだろうと思う」

そんな意図があったのだろうか。

日乃出は首を傾げた。

「植民地という言葉を聞いたことがあるだろう。ある国が別のある国を自分たちの思うままにすることだ。アメリカもエゲレスもフランスも、最初は武力で攻めてきた。だが、今は、その方針を変えた。自分たちの崇拝者をつくることにしたんだ。西洋はすばらしい。日本も早く西洋に学んで、一級の文化国家にならなければならない。そうやって、なんでもかんでも、西洋をありがたがる人をつくるんだ。そういう人が増えれば、自分たちの要求が通る。思うままじゃないか」

日乃出をそういう人にしようとしているということか。

勝次の言うことも分かる。

だが、日乃出は西洋菓子の魅力にあらがえない。

「勝次さんもエクレアを食べましたよね。西洋菓子はおいしいと思ったでしょ。もっと知りたいと思いませんでしたか？」

日乃出はたずねた。

短い沈黙が流れた。

「後で話そう。薯蕷饅頭の追加の注文が来ているんだ」

勝次は立ち上がった。

大和薯《やまといも》をすりおろしていると、純也が戻り、続いて葛葉も帰って来た。葛葉が粉を量り、純也が餡を丸める。日乃出はすりおろした大和薯に米の粉を混ぜて行く。ほどよい硬さになったら、勝次と純也と日乃出の三人で餡を包んで饅頭にする。

竈に火をおこし、蒸籠《せいろ》に饅頭を並べて蒸す。

タカナミが来たことを純也も葛葉も知っているのだろう。いつもなら、軽口をたたいてみんなを笑わせる純也も静かだった。

誰も何も言わない。薪がぱちぱちはぜる音だけが仕事場に響いた。

日乃出の心の中で勝次への不満がふくれあがっていく。

今横浜で、いや日本で西洋菓子をちゃんと作れる人が何人いるというのだ。その一人に日乃出はなれる。

この際タカナミへの思いは脇において、西洋菓子のことだけ考えることはできないのか。

以前、お利玖に言われた言葉が思い出された。

――だけど、そのうち、あんたを抑えつけようとするよ。あんたの方が出来ると思ったら、つぶしにかかる。

勝次さんはそんな人じゃない。

あの時はそう思った。

だけど……。

もくもくと黒い雲がふくれあがり、日乃出の心を占めた。

やがて、蒸籠から白い湯気があがり、部屋の中に品のいい大和薯の香りが広がった。そろそろできあがりだ。

蒸籠の蓋をあけて、日乃出はあっと叫んだ。

一体、どうしたのだろう。

薯蕷饅頭の表面にぶつぶつと小さな気泡が浮かび、痘痕《あばた》のようになっている。醜く、乱れ、それはまるで、日乃出の、勝次の、浜風屋みんなの心そのもののようだった。

「こんな物、売り物になるか」

勝次は叫び、蒸籠の饅頭をつかむと、床に投げつけた。葛葉が泣き出し、純也が立ちすくんだ。日乃出は仕事場を飛び出した。

夕暮れの空に三日月が浮かんでいる。秋の冷たい風に体が震えた。

浜風屋が壊れた。粉々にくだけ散ってしまった。いや。自分で壊したのだ。勝次と純也を裏切った。

一体、どこで間違えてしまったのか。

日乃出は路地に膝をついた。ひんやりとした土の感触とともに、草の匂いが伝わって来た。

こんな時、父ならなんと言うだろう。

西洋菓子を学びたいという気持ちを受け止めてくれるだろうか。それとも、日本の菓子をきちんと学べと言うだろうか。

目を閉じると、タカナミのホテルの白い厨房が浮かんだ。エクレアの味がよみがえって来た。

日乃出ははっきりと自覚した。自分はエクレアの魅力に抗うことができない。ケーキやパイやムースを学びたい。勝次や純也と別れても、その道に進みたい。

仕事場に戻ると、勝次が粉を量っていた。純也が大和薯をすりおろしていた。

日乃出が蒸籠を用意しようとすると、勝次が振り返りもせずに言った。

「『菓子は人を支える』と言っていた日乃出はどこに行ったのだ。今のあんたは自分の手柄のことしか考えていない。悪いけど俺はもう、あんたといっしょに働くことはできない。出て行ってもらえないか」

純也と葛葉は何も言わず、うつむいている。

「分かりました。三河屋さんにも言って、明日、荷物を整理します」

日乃出は答えた。

四、カステラの企み

さらさらと流れる水の音で日乃出は目が覚めた。戸の隙間から夜明けの薄明かりがもれている。

いつまでも寝付かれず寝返りばかり打っていたが、さすがに明け方近くなってとうとうとしていたらしい。

日乃出は北方村の篠塚《しのづか》きさの家にいた。きさの夫、祐輔《ゆうすけ》は父の仁兵衛の古い友人だった。二人は密書を届けに箱館に向かい、その旅の途中、白河の関で父は斬られたのである。祐輔は密書を箱館に届け、自害したと聞いた。

幼い息子の仁吉《じんきち》とともに小さな裏長屋に暮らしているきさは、突然訪ねて行った日乃出を快く迎え入れてくれた。夕べは、三人、身を寄せ合うようにして休んだのだ。

だが、針仕事をして暮らしを立てているきさの所にいつまでもいるわけにはいかない。日乃出は心細い思いで目を閉じた。

「まぁ、日乃出さんはお菓子だけでなくて、お料理も上手なのね。いつものお味噌汁と全然違うわ。ねぇ、仁吉」

朝餉《あさげ》の席で、きさは顔をほころばせた。きさの隣できちんと正座してご飯を食べていた仁吉も大きくうなずいた。日乃出はせめてもと思い、今朝は日乃出が飯を炊き、味噌汁を作ったのだ。

「私はいつもお味噌汁を吹きこぼしてしまうのに、これはとっても香りがいい。それに、青菜がしゃきしゃきしているわ」

「これぐらいしか、お礼ができないから」

「そんなこと言わずに、しばらくここにいてくださいな。私も東京の話を聞きたいわ」

きさはこの頃やっと、横浜の風に慣れたというような話をした。日本橋に比べると、横浜は潮の香りが強いし、太陽も明るい。都鳥《みやこどり》に比べると、カモメは一回り大きくて鳴き声も高い。こちらに来てしばらくは、そんな些細なことが気になり、つい昔の暮らしを思い出して落ち込んでいたのだそうだ。

「篠塚は侍らしい生き方を貫こうとした人だった。私はそんな篠塚を見ていたし、立派だったと思います。でも、今の横浜はなんでも西洋風がもてはやされているでしょう。日本式は遅れている、侍なんてだめだめって言われているみたい。今の世の中は、仁兵衛様や篠塚のような人達の犠牲の上に立っているのにねぇ。時々、死んでいった人達のことを忘れないでくださいって、大きな声で叫びたくなるの」

きさは悲しげにうつむいた。日乃出は仁吉が心配そうに母親を見ていることに気づき、大丈夫というように微笑みかけた。

仁兵衛は外国語の菓子の本を読みたくて学問所に通い、そこで篠塚と知り合った。兵学と航海術が専門の祐輔は仁兵衛といっしょに苦心惨憺《さんたん》して菓子の本を翻訳した。父は祐輔達から西洋の事情を学び、やがて将軍家御用達《ごようたし》の菓子屋の主人であり、稀代《きだい》の外国通として知られるようになっていった。

その学問所には若き日の谷善次郎も語学を学びに来ていた。

善次郎は武器商人となって頭角を現し、やがて横浜を拠点に貿易で巨万の富を築くことになる。

「日乃出さんはやっぱりロビンソン商会に行くつもりなの？」

きさが微笑みながら、しかし真剣な目をしてたずねた。

——ロビンソン商会の裏には善次郎がいる。それが分かっていても、日乃出さんは西洋菓子が学びたいの？　それが仁兵衛さんの望んでいることなの？

言葉に出さなくても、きさの言いたいことは分かっている。勝次や純也も同じことを思っているのだろうか。

もしかしたら浜風屋を出ることになるのではないかと、漠然とした思いがあった。だが、それがこんな風に突然、後味の悪い幕切れになるとは思ってもいなかった。

日乃出は切なくて、悔しくて自分に腹を立てていた。大声を出して、子供のようにわぁわぁ泣けたらどんなにいいだろう。苦い思いが突き上げて来る。結局は自分が悪いのだ。二人を裏切ったのだから。

「浜風屋に純也って人がいたのを、覚えている？　細い方の人」

苦い思いをぐっと胸の底に押し込んで、日乃出は言った。

「もちろん。女形みたいに姿のいい方でしょう」

きさは明るく答えた。

「純也は昔、船に乗ってフランスに行ったことがあるの。だから、今でも船の旅が忘れられない。どこか遠くに行きたいってしょっちゅう言っている」

「そう。純也さんはフランスへ行ったことがあるの。すごいわね」

「船の旅は毎日海ばかりで、船酔いもするし、純也は一番年が若かったから大変な仕事ばかりおしつけられて、いいことはひとつもなかった。それでも、船に乗りたくなるんだって。どうしてって尋ねたら、船に乗っている時はどこかに行く途中だからって答えた」

陸の上の嫌なことから逃げ出して、どこか遠く、誰も自分のことを知らない、まだ見たこともない土地に向かっている。

日乃出は目の前に広がる大海原を感じていた。陸地の姿はまだ見えなくて、ふわふわとした甘い夢と希望だけがある。白い帆は風をいっぱいに受け、船は波を分けて進んで行く。

前へ。前へ。

「そこに行ったら、古い自分を捨ててしまって、新しい、まっさらな自分に生まれ変わって生きて行けるかもしれない。だから、船に乗りたくなるんだって。いつか、その話を聞いた時、私は純也に言ったの。そうやって逃げてどうするの。一生、船の上にいることなんかできないんだよ。いつかは陸に上がらなくちゃならないんだ」

ふいにのどが詰まった。感情がこみあげて来る。

「偉そうに。純也の方が私の何倍も苦労して、辛い思いをして来たのに、そんなこともわからなくて、自分だけが立派で正しいと思っていた。みんなが勧める道に進めば、周りも喜んで応援してくれる。自分も気持ちよくて楽しいことが分かっている。でも、それができない時があるんだよ」

純也は侍の子に生まれて、強くて立派な侍になることを期待されていた。だが、そういう生き方ができなかった。父や母ががっかりしたり、怒ったりするのを見るのは辛かっただろう。できれば、両親の期待通りの男になって喜ばせたかっただろう。

だが、それができなかった。

今は、その時の純也の苦しい気持ちが分かる。周りの期待に沿って明るい道を歩きたいと思う自分がいる一方で、そうじゃない、お前の進む道はそっちじゃないと言うもう一人の自分がいる。

「私は日本の菓子も好きだけれど、西洋の菓子も好きだ。勝次や純也と今まで通り浜風屋で働きたい。でも、西洋菓子も勉強したい。二つの間で揺れているうちに、大事なものを失った。ばっかみたい。自分が嫌いだ。この自分を捨ててしまいたい。どこか遠くに行ってしまいたい」

日乃出はうつむいた。だが涙は出て来なかった。

どこか遠くなんてない。

自分のしたことの結果は、自分に降りかかって来る。

逃げる場所なんかない。

ばか、ばか、ばか。

自分の膝を握りこぶしでたたいた。

「日乃出さん」

きさの温かい手が日乃出の髪に触れた。

「そんな風に自分を責めないで。勝次さんも純也さんも、本当は日乃出さんの気持ちをよく分かっているのよ。だから、恨んでなんかいない。二人の気持ちを裏切ったなんて、そんな風に考えないでいいのよ。大丈夫。二人との縁は切れていないと思う。また、会える。今は背を向けてしまったかもしれないけど、いつか、また、会えるから。大丈夫、日乃出さんは一人じゃない。私だって、味方よ。あんまりお役に立てないかもしれないけど。ごめんなさいね。私が余計なことを言いました。すみません。謝ります。だから、もう、そんな風に悔やまないで」

きさは日乃出の背中をなでていた。

縫いあがった着物を届けに行くというきさと仁吉について家を出た。どこへ行くというあてもない。表通りに出て、店を眺めながら歩いた。

北方村は急坂を上れば山手に至る。そのせいか西洋家具の店、洋服の仕立屋、洗濯屋。外国人向けの商売屋が連なっている。

早くタカナミの所へ行かなくてはと思う一方で、浜風屋のことが気にかかる。今頃みんなは何をしているだろうか。そんなことを考えているうちに時間が過ぎた。

「日乃出さん」

道の先、長崎カステラと看板の出ている店の前できさと仁吉が手を振っている。

「仕立物を納めに行ったら、思いがけずたくさんお金をいただいたの。カステラを買うから、みんなで食べましょう」

「きささん、それはだめだよ。私も少しお金を持って出ている。私に払わせて」

「だめだめ。私が言い出したんだもの。それに、日乃出さんはこれから何にお金が必要になるか分からない。大事にしなくちゃ」

店先の台には焼きあがったカステラが載っている。卵の黄身をたっぷり使ったカステラは黄金色で、卵のいい香りがする。

「これ、焼き立て？」

仁吉がおかみさんらしい店の人にたずねた。

「カステラはね、焼き立てはぱさぱさしておいしくないんだよ。一晩寝かせるとしっとりとして、やわらかくなる。このカステラも夕べ焼いたから、ちょうど今が食べ頃さ」

三切れ切ってもらうと紙に包んで渡された。仁吉が持ちたがるのをきさが「お家に帰ってから食べようね。それまで日乃出さんに持っていてもらいましょう」と言った。

日乃出が胸に抱えると、包みから甘い香りが立ち上って来た。

「私ね、日乃出さんが来てくれてうれしかったのよ」

きさが言った。

「だって、横浜には篠塚のことを知っている人は誰もいないんですもの。うちの人はこういう人でしたって、話すこともできない。しゃべったところで、どうせ作り話でしょうって信じてもらえないかもしれないし。日乃出さんといると、昔、篠塚と暮らしていた頃のこと、いろいろ思い出せるの。日乃出さんはお父様にきっとよく似ているわよ。まっすぐで温かくて。私、日乃出さんといると、どうして篠塚は仁兵衛様にあんなに夢中になったのか、なんとなく分かるのよ」

「私とおとっつぁんと似ているのかなぁ」

似ていたらうれしいなと思いながら日乃出は言った。

「大丈夫。いつか、仁兵衛様のような大きな強い人になりますよ」

日乃出はきさの温かさに触れた気がした。

自分が嫌いだといった日乃出の心をそっと両手ですくいあげ、日の当たるところに運んでくれた。甘い香りとともに、きさのやさしさが身に染みた。

部屋に帰ると、きさは皿にカステラを並べた。

「ねぇ、日乃出さん。カステラは日本の菓子？　それとも外国の菓子？」

きさがたずねた。

「もちろん、日本の菓子だよ。ポルトガルやスペインの商人や宣教師が伝えた南蛮《なんばん》菓子」

「じゃあ、もとは外国？」

「うん」

南蛮菓子というのは安土桃山《あづちももやま》から江戸時代初期にかけて、日本と交流のあったポルトガル人やスペイン人によって伝えられた菓子のことだ。彼らはインドのゴアやフィリピンのルソン、マカオなど南方の拠点を経て来たので、南蛮人と呼ばれていた。

卵や砂糖をたっぷりと使ったカステラや鶏卵素麺《けいらんそうめん》、美しい飴の金平糖《こんぺいとう》や有平糖《あるへいとう》は人気となり、茶席でも用いられ、その製法は各地に伝わって行った。

宣教師や商人が伝えたカステラなどは素朴でぼそぼそしたものだったといわれるが、日本人好みのしっとりとやわらかく、見た目も美しい物に改良された。日本独自の菓子といえるほどになっている。

「日本の菓子は、いろいろ外国の物を受け入れているのね」

きさはしみじみとつぶやいた。

日乃出は皿の上のカステラをながめた。

港に到着したポルトガルやスペインの人々の様子を描いた南蛮図屛風というものがあると聞いたことがある。南蛮人はとんがり帽子にひらひらした飾りのついたえり、大きく膨らんだズボンをはいている。大きな帆船の高いマストの上で仕事をする水夫たちは、曲芸師のように身軽で、港には大きな象が休んでいる。それは見ているだけでめずらしく、楽しく、飽きないものだという。

そんな南蛮人が持って来たのが、カステラや鶏卵素麺なのだ。それは当時の人々の度肝を抜いたに違いない。

おいしくないという人もいただろうし、夢中になった人もいる。もっとおいしく、すごいものにしたいと工夫を重ねた菓子職人もいた。やがてそれらは人々の暮らしに浸透して行った。

なんだ。今と同じじゃないか。何かがすとんと腹に落ちた。

日乃出は目の前がぱっと明るくなった気がした。

西洋の菓子といって気張ることなんかない。日乃出が今、面白いと思い、学びたいと思うのなら、それで十分だ。善次郎とかロビンソン商会とかお利玖とか、いろいろ難しいことはすべて棚上げにして、まっすぐ進みたい道に行けばいいじゃないか。

「どうしたの？　日乃出さん、一人で笑って」

「うん。私、決めた。タカナミのところで菓子を勉強することにする」

日乃出はきっぱりと言った。

きさに別れを告げて、朝一番にロビンソン商会をたずねた。タカナミは両手を広げて日乃出を迎え入れた。

「日乃出さん、きっと来てくださると思っていました。首を長くして待っていましたよ」

クイーンズホテルの厨房に行くと製菓長のピエールと藤田《ふじた》という日本人が待っていた。桃色の頬をした大男のピエールは、こん棒のように太い腕で日乃出を歓迎した。藤田はきつい眼差しをした中年の男で、神戸《こうべ》のフランス人の店で菓子の修業をしていたそうだ。ここではピエールの通訳と、日乃出の菓子指導にあたる。

「期間は当初三か月。それから双方で相談して契約を延長します。日乃出さんの場合は寮費も食事代もホテルで負担します。お部屋を用意してありますので、今日からこちらで生活していただきます。作業用の衣服などもすべて用意してあります」

藤田はにこりともしないで言った。

「厨房では全員で同じものを食べます。朝昼晩、フランス式の料理で日本風の食事は出ません。ピエールからの指示はすべてフランス語ですから、できるだけ早く言葉を覚えてください。この厨房に一歩入ったら、フランスにいるのと同じだと考えてください」

「はい」

日乃出はそっと厨房の中を見渡した。料理担当が六人、菓子は四人。ピエールのほかに外国人が二人、その他はすべて日本人の男達だ。白いコック服を着て、各々の仕事に向かっている。料理担当のシェフは背の高いフランス人で、彼が外国語で何か短い指示を出すと男たちは声を合わせて外国語で応えた。ぴりりとした緊張感にあふれていた。

ベッドをおいた鍵のかかる個室を与えられたが、それは破格の扱いで、他の者たちは六人部屋だという。

「すぐに着替えて厨房に来てください。みんなに紹介します。覚えていただくことがたくさんありますから、音《ね》をあげないように。ここでは私を含めて、みんながシェフの座をめざしています。平等にチャンスを与え、正しい競争をすることが技術の向上につながるというのが、ピエール氏の考え方です。日乃出さんもタカナミ氏にどういう話を聞かされているか分かりませんが、製菓部門を任されるかどうかはまだ決まってはいませんから」

藤田はぎろりと日乃出をにらんだ。

厨房で作業しているのは園遊会のための菓子と、ホテルで売り出す予定のもの、ロビンソン商会の来客用の三種類だ。日乃出は粉を量ったり、材料を用意する仕事が与えられた。先輩達の仕事ぶりを見るのは楽しかった。見ていると、半球のボウルはどう抱えるのか、泡だて器をどう使えば早くきれいに泡立つのかが分かった。

ピエールが白くて高い帽子をかぶって厨房に入って来ると、厨房の空気が一変した。みんなは緊張し、忙しく手を動かしながら彼の行動を見ている。生地を混ぜたり、型に流したりした時は、そのたびピエールに見せに行く。ピエールは細かな注意を与え、自分でやって見せ、時には新しく作り直させた。そのやり方は徹底していて、その日の仕事が終わると厨房の隅の大きな木箱にあふれるほど菓子や材料が捨てられている。

それは、ピエールが目指すものの完成度がそれだけ高いということでもある。ほかの職人がクリームを絞って仕上げた菓子に、ピエールがほんの少し手を加える。クリームのバラの花を加えたり、果物を載せたりするのだ。それだけで見違えるように華やかになる。

ピエールが作ったパイはサクサクで軽く、混ぜた生地はしっとりしている。他の職人の時とは全然違う。

部屋の隅で何か考えていたかと思うと、いきなり材料を集めだし、菓子に仕上げる。

この人があのエクレアを考えた職人か。

日乃出はピエールが次に何を作るのか、どんな指示を与えるのか、全身で気配を感じようとしていた。

職人達は日乃出にはどこかよそよそしかった。日乃出が女だったからかもしれない。タカナミが見込んで、菓子を習わせているというのを聞いているからかも分からない。

声をかけて来るのは市三郎《いちさぶろう》という若い職人だけだった。

泡立ては、全卵と白身だけと両方あるが、どう使い分けているのかとたずねると、驚かれた。

「どうしてそんな技術的なことを知っているんですか？　日乃出さんは、西洋菓子の基礎をどこかで習ったんですか？」

「本を見たんです」

「それは、すごいなぁ。ずいぶん高かったでしょう。一体、どこでどうやって手に入れたんですか。本当はここにも立派な菓子の本がたくさんあるんですけど、俺達のような下っ端には触らせてももらえないんですよ」

市三郎は悔しそうな顔をした。それで、タカナミから借りたとは言えなくなった。

三日目にタカナミから夕食に誘われた。出かけると、来客用の広い部屋に案内された。床は厚い絨毯が敷いてあり、天井にはシャンデリアが輝いている。中央の長い大きなテーブルには、銀の食器が並べられていた。日乃出は一番端のテーブルに座った。

全員が着席し、最後に登場したのは山倉とその夫人だった。山倉はおたふく豆のような顔はそのままだったが、腹回りがずいぶん太くなっていた。

山倉の挨拶は長かった。フランスから日本は多くのことを学ばねばならない。そうして日本は世界の一等国になる。そのためにも、今度の園遊会は成功させたいというようなことをくどくどと語った。

日乃出は本格的な西洋式の食事は初めてだった。テーブルに並んだ何本ものナイフとフォークに驚き、次々皿が取り換えられることにとまどい、作法も分からなかったので前の人を見ながらまねして食べた。知らない人ばかりで、誰も日乃出に話しかけて来なかった。

厨房での食事は毎日肉が出て、しかもかなり脂っこい。日乃出はだんだん体が重くなって来ていた。その日の料理は厨房の食事よりさらに、重たく、量も多い。日乃出はだんだん食べるのがつらくなって来た。

「橘日乃出。谷善次郎を打ち負かした娘」

大きな声がして目をあげると、テーブルの向こうにワイングラスを手にした山倉がいた。食事の途中というのに、席を立ってふらふらと客の間を歩いているのだ。

「久しぶりだな。たしか以前……、アイスクリンの店で会った」

嘉祥の日にちなみ、日乃出達が馬車道でアイスクリンを売ったとき、山倉は客として妻と息子を連れてやって来た。大ぜいの人が行列を作って待っているのに、無理やり割り込み、その挙句、夜になって息子が腹を壊したと難癖をつけて来たのだ。

日乃出はその時のことを思い出し、苦い顔になった。

「アイスクリンに目をつけるとはさすがだな。今度はタカナミ氏のところで西洋菓子を学ぶのか。感心、感心。菓子も西洋が進んでいる。よく励むように」

「はい」

日乃出は素直に応えた。

「君にひとつ、教えておこう。西洋について学ぼうとしたら、生活のすべてを西洋式にしなくてはならない。朝起きてから寝るまで。食べる物、着る物、寝る時も。とにかく生活そのものを西洋式にする。それが一番の早道だ」

山倉は部屋の全員に聞こえるように声を張り上げた。

「私は食事も服も住まいもすべて西洋式に変えてからひと月ほどになりますが、気持ちや考え方も変わって来た。今まで理解しにくいと思っていたことが、すっと腹に落ちる。できることなら、一日中、英語とフランス語をしゃべっていたいと思っている」

タカナミはまったくその通りと、うなずいた。

「私どもの横浜クイーンズホテルでも、従業員の教育として実践させているんです。着る物も、食べる物も、住まいも西洋式です。とくに厨房は効果があります。味覚も変わってくるし、それだけ早く技術も身につけられる」

食事が終わると、次の間に移動した。そこで人々は談笑をはじめた。

日乃出は山倉に呼ばれた。山倉は酒のグラスを手にして、かなり酔っているようだった。

「君はプロフェッショナルにならなくてはいけない。プロフェッショナルというのは己の天命を知って、それに忠実に励むということだ。西洋では、そういう人間が信用される。日本でも、これからプロフェッショナルが必要だ。私はそういう人間を育てようと思っている」

まったくその通りでございますと、人々が集まって来て山倉に賛同した。山倉は得意そうに大きくうなずいた。

「今までは侍の子は侍になった。商人の子は商人になる。だから、親のやり方を見ていればよかった。だが、これからは違う。人は自分で職業を選ぶようになる。役人になりたい者、兵隊になりたい者は試験を受ける。その者達に立派な役人とはどういう人間か、強い兵隊とは何をすべきか、教えてやらねばならん。教育ということが大切になるんだ。私は、そのことを勝次に伝えた。そうだ。お前のよく知っている、菓子屋の勝次だ」

山倉は酒の酔いでとろんとなった目で日乃出を見た。

勝次。

日乃出は勝次が山倉の名を聞いた時に浮かべた、苦い表情を思い出した。

「山倉様は勝次をご存じなんですね」

「ああ、よく知っているよ。あいつは私の部下だ。いっしょに戦ったことがある。苦しい戦いだった。思い出すのも嫌だ。だがね、戦というのはそういうものなんだ。立派なことを言っていても、血を見た途端に腰を抜かす奴がいる。それではだめなんだ。教練というのも行進させたり、銃の撃ち方も大事だが、一番大事なのはその覚悟をどうつけさせるかだ。プロフェッショナルになれということだ」

「勝次はプロフェッショナルではなかったんですか」

「ああ」

山倉は薄笑いを浮かべた。

「普通の、そこいらにいる若造のままだった。戦場に行ったら鬼にならなくちゃだめなんだ。上に立つ者は、みんなを鬼にする必要がある。そのためには叩いても、殴ってもいいんだ。怒りと憎しみと恐怖で体をぱんぱんにして、考えるより先に相手を殺す。子供でも、女でも、武器を持って向かって来たら倒す。それが自分を守ることなんだ。それができるようにしなくちゃ、生き残れないんだ。だが、あいつは、それが最後までできなかった。戦なんだから人は死ぬんだ。殺したり、殺されたりするんだ。いちいち悲しんでいたりしたらだめなんだ」

山倉の話は残酷で、血なまぐさかった。阿鼻叫喚《あびきょうかん》の戦場の様子を目をらんらんと輝かせ、楽しそうに語った。いつしか一人二人と人が去って行き、気がつくと日乃出は山倉と二人で向かい合っていた。

「橘仁兵衛の娘だそうだな」

思いがけなく父の名前が出て、日乃出は目を見張った。

「父をご存じなのですか？」

「まあ、少しだけな。死んだのは去年か」

「はい」

「おとなしく菓子屋をしていればよいものを。政事《まつりごと》に首を突っ込むから、こんなことになる」

山倉はふらふらと立ち上がった。

「犬死にだな」

日乃出は怒りで全身が熱くなった。父は語学を学んだことで武士達と交流が生まれ、いつしか海外の事情に通じた商人として知られるようになった。将軍家や大名家にお出入りを許された菓子屋という立場も、武士達には都合がよかったのだろう。ついには、徳川慶喜《とくがわよしのぶ》様の大切な手紙を箱館まで届ける役目を承るまでになった。無念な最期かもしれないが、犬死にではない。山倉の後ろ姿をにらんだ。

朝、厨房の外の掃除をしていた時、大工に声をかけられた。

「どっかで見た顔だと思ったら、あんた、屋台を引いてお焼きを売っていた姉さんじゃないいか」

別の大工がやって来て、日乃出の顔をのぞきこんだ。

「ああ。そうだ。あんた、馬車道でアイスクリンを売ったんだよね。たいした評判だったよ。そうだ、そうだ。今度は、へぇ、ここで働いているのかい」

「アイスクリンもいいけど、あのお焼きはおいしかったなぁ。もう、あれは売らないのかい」

「すみません。もう、おしまいなんです」

日乃出が謝ると、大工達はひどくがっかりした顔になった。

「ねぇ、あんた、お焼きを売っていたんだってね」

昼過ぎ、洗濯係の女に言われた。

「父ちゃんがお土産に持って帰って来たことがあってさ。おいしかったよ。あれ、作ってくれないかねぇ」

「日本の食事は禁止でしょう」

「平気、平気。みんな、いろいろ持ち込んで寝床で食べているよ。ここは何でも西洋式とかいって朝、昼、晩って脂っこいだろう。しょうゆ味が恋しいよねぇ」

女はちらりと日乃出の顔を見た。

たしかにそろそろ西洋式が苦しくなって来た。白いご飯に汁、後は野菜の煮つけがあればいい。そういう普通の物が食べたくなった。

夜、日乃出が仕事を終えて自分の部屋に戻ろうとすると、洗濯係の女に呼び止められた。

「洗濯室はアイロンを使うんで火があるんだよ。材料を用意したから、ちゃちゃっとお焼きを作ってもらえないかねぇ」

「これからですか？」

「うん。あんたの顔を見たら、なんだかお焼きが無性に食べたくなってさ。ほかの人達も食べたいっていうから」

大工に植木屋、掃除係と洗濯係……と女は指を折って数えた。クイーンズホテルはまだ開業していないが、すでに何人も住み込みで働いている。それらの人もタカナミの方針で西洋式の食事なのだ。

洗濯室に行ってみると、三人の女がうどん粉とたくわんを用意して待っていた。こうなったら、もう断れない。日乃出はお焼きを作り始めた。

まな板代わりの木の板にうどん粉を山のように盛り上げ、中央にくぼみを作ってそこに湯気をあげている熱湯を注ぎ、粉をかぶせるように混ぜて行く。

粉気がなくなって全体がひとまとまりになったら、生地を細長く伸ばし、包丁でとんとんと切ってころころした塊をいくつも作った。

「なんかさぁ、中身がたくわんだけっていうのは、ちょっと淋しいよね」

一人が言った。

「やっぱり、きんぴらとかあるといいよね」

「そうだよね。しょうゆと砂糖でさ、じゅっと炒めたやつがいいよ」

女たちはごそごそと相談して、どこからかごぼうとにんじんと青菜を持って来た。

日乃出はアイロン用の炭をおこす竈に鍋をかけ、ごぼうとにんじんを炒めた。

「へへへ。これこれ」

女が小さなとっくりから、しょうゆを取り出した。日乃出がしょうゆを垂らすと、たちまち香ばしい匂いが広がった。

「あたしの大好きな、甘じょっぱい味だよ」

女が鼻をくんくんさせた。

「あんた。ばれたら、怒られるよ」

別の女が慌てて窓を閉めた。

青菜も刻んでたくわんと一緒に炒めた。

「浜風屋さんみたいにおいしくなくて申し訳ないけど、家から持って来た餡子《あんこ》があるんだ」と取り出した者もいた。

それから日乃出達はきんぴらや青菜と餡《あん》を包んだ。生地を平らに伸ばして、具を載せる。縁を伸ばすようにして包んで行く。まな板には十五個のお焼きが並んだ。

「よかった。一人一個は行きわたるね」

竈に鉄板を載せて焼きあげる。この鉄板もどこからか用意したのか、少し周りがさびているが、この際気にしないことにする。

並べ終わった頃、扉から顔がのぞいた。大工だった。

「おい。そろそろいいか」

「これから焼くところだよ。あんた、気が早いよ」

「待ちきれないよ」

そんなことをしているうちに、少しずつ人が増えて来た。植木屋、左官、掃除係と気がつけばちょうど十五人。さすがに広い洗濯室もいっぱいになった。

きつね色にパリッと焼けたらできあがり。

次々手が出て、たちまちなくなった。

みんな床に座り込み、白湯《さゆ》を飲みながら食べた。日乃出もひとつ取って座った。

手の中のお焼きはほかほかとして温かい。割ると湯気とともに、餡が見えた。家で炊いたらしい餡は小豆がふっくらとしてやわらかく、甘さがしみていた。今まで食べたどんな餡より、おいしいような気がした。

「ああ。うまいねぇ。生き返るねぇ」

誰かが言った。

「やっぱり、こういうもんを食べないとなぁ」

しみじみとした声だった。

「そりゃあ、そうさ。あたし達はじいさんのじいさんの、そのまたじいさんの時代から、米だの麦だの豆だのを野菜と一緒に食べて来たんだもの。急に、肉だの牛乳だのって食べたら体がびっくりしちゃうよ」

「おかげで今日はよく眠れそうだ。ありがとよ」

三々五々と帰って行った。


翌朝、日乃出はピエールと藤田に呼ばれた。ピエールは怖い顔をしていた。心から怒っているという表情である。藤田も口をへの字に結んでいる。

「昨日、洗濯室で調理をした者がいます」

ピエールが言い、その言葉を藤田が訳した。

「洗濯室に魚の臭いが残っていました。干してあるシーツやシャツにも魚の臭いがしみついて、すべて洗い直しになりました。あなたの髪も魚の臭いがします」

魚の臭い？

昨日は魚なんか焼いていません。

反論しようとして気がついた。ピエールはしょうゆのことを言っているのだ。

「あれは魚の臭いではありません。日本に古くから伝わる調味料で、もちろん魚にもかけますけれど、ほかの物にも使います」

「同じことです」

ピエールがぴしゃりと言った。顔が真っ赤になっている。

「あなたは何も分かっていない。このクイーンズホテルはすべてが西洋式であるところが特徴なのです。日本的な物はすべてシャットアウトです。お客さんは西洋を求めて来る。それなのに、寝ているシーツから焼き魚の臭いがしたら、どう思いますか？　案内するメイドからたくわんの臭いがしたら、どうですか？　ホテルで働くすべての人に、西洋式の食べ物を食べてもらっているのは、そういう理由です。バターやクリームの香り。それがこのホテルに許されているものです」

怒りのあまり早口になっているので、藤田の通訳が追い付かない。しどろもどろになって告げた。

「すみません。規則を破りました。申し訳ないです」

日乃出は謝った。

「私はあなたにがっかりしました」

ピエールが重ねて言った。

「西洋菓子を学びたいと聞いていたのに、どうして、あんな、低級な食べ物を作ったりしたんですか」

　低級？

　日乃出は驚いてピエールと藤田の顔をながめた。

「そうです。低級で下品で遅れた食べ物です」

　藤田はくり返した。

　日乃出の脳裏にお焼きをほおばったみんなの笑顔が浮かんだ。

　たしかにお焼きは高価な食べ物ではない。日常の、家庭的な、あるいはふるさとの味、そういう身近な食べ物だ。だからこそ、西洋式の食べ物に少々疲れた人々が欲した。そういう暮らしに根付いた懐かしい味だ。

　けっして低級な味ではない。

　日乃出は思わず反論した。

「お言葉ですが、お焼きは低級なのでしょうか。日本の食べ物だからですか？　材料が野菜や豆だからですか？」

「両方です」

　ピエールはきっぱりと言った。

「日本は遅れた国です。これから西洋の進んだ技術を学ぶのです。私はそのために、海を渡ってこの国にやって来ました。私は菓子の伝道師なのです」

　天を仰ぎ、神に祈るしぐさをした。

「私も日本の菓子について調べてみましたが、見るべきものはありませんでした。そもそも、豆が主体というのがいけない。ヨーロッパでは豆は肉やチーズが買えない、お金のない人の食べ物です。もちろん方法がない訳ではない。私なら、バターやクリームをたくさん使って贅沢な食べ物として豆を演出します」

それは違う。西洋ではどうかしらないが、日本では豆は大切な食材のひとつだ。

たとえば、小豆は餡になる豆として栽培されて来た。いかにおいしい豆を作るか、餡として炊いた時の色は十分か。皮の硬さはどうか。畑をたがやし、肥料をやり、手で摘み、選別する。ピエールは小豆の栽培にどれだけの手間がかかっているのか、知っているのだろうか。一年を通して、ていねいな仕事の積み重ねから、あの赤く、丸く、小さく、艶のある豆が生まれるのだ。

「ピエールさんは、ちゃんと日本の菓子を見てくださったんですか？　繊細な味わいや美しい姿をご覧になっていますか？　日本の菓子は名前にも、意味があるんです。名前を聞いてさまざまな風景が浮かぶ。日本人は菓子の名前を味わう。そういうことは、ヨーロッパの菓子にはないですよね」

日乃出は必死になって抗弁した。

藤田がどれほど訳してくれたか、分からない。

「ピエールさんのことは尊敬しています。すばらしい菓子を作られることも知っています。だから、よけいに分かってほしいんです。日本人は誕生、婚礼、葬儀など一生の節目を菓子で迎えます。春には桜餅、秋には月見の団子、重陽の節句の菊の菓子と四季折々、食べる菓子がある。菓子は私達の暮らしに寄り添っている」

外国の人から見たら、面白くない菓子かもしれない。だが、自分達はその菓子になぐさめられ、力づけられて来た。自然に笑顔が生まれ、会話がはじまる。

「菓子の力というものは、ピエールさんだって、よくご存じでしょう。私達、菓子屋はその菓子の力を信じて仕事をやって来た。素朴に見えるかもしれないし、おいしくないと思うかもしれない。でも、これが私達の菓子です。私達は菓子を見た時に、それまでの人生を彩って来たさまざまな思い出がよみがえる。そういう菓子を、外国から来た人に見るべきものはないなどと言ってほしくないのです」

ピエールは日乃出をぐっとにらみつけた。

「そんなに日本の菓子がいいというなら、西洋の菓子を学ぶ必要はない。帰って今まで通り店の仕事をすればよい。もう、ここにいる必要はない」

ピエールは立ち上がった。

「タカナミ氏にも、このことは伝えます」

捨て台詞を残して部屋を出て行ってしまった。

藤田に案内されて別の部屋で待っていると、タカナミがやって来た。

「一体どういうことですか。説明してください」

日乃出は洗濯室でお焼きを作った話をした。

「そのおかげで、洗ったばかりのシーツにもシャツにも臭いがついてしまったんですよ」

藤田が憎らしげに言った。タカナミはううんとうなって天井を眺めている。

「ピエール氏が怒ったのは、それだけじゃないんです。この娘はピエール氏に向かってもっと日本の菓子を勉強してほしいとか、あれこれ説教したんです。まったく一体自分を何だと思っているのか」

それから藤田はピエール氏がどれほど素晴らしい人で、彼が日本に来てくれるということはどれほど意味のあることか、くどくどとしゃべった。日乃出は首をうなだれて聞いていた。

タカナミは最初静かに聞いていたが、だんだんイライラして来たらしい。膝をゆすり、爪を噛み、やがて大声で藤田をさえぎった。

「分かりました。私は日乃出さんと話があります。もう帰ってよろしい」

藤田が出て行くと、タカナミは日乃出に向きなおった。額に青筋が立っている。

「勘違いしてもらっては困る。あなたは自分の価値を高く見積もり過ぎている。善次郎との勝負に勝ったという若い娘。その娘が菓子を作る。あなたの価値はそれだけだ。そのほかには何もない」

あなたの価値はそれだけだ……。

日乃出は最初、何を言われているのかよく分からなかった。

何もない。それは、どういうことなのだ。

「あなたは菓子を作るというけれど、泡立てひとつ、満足にできないじゃないですか。私だってバカじゃない。そんなことは、最初から分かっていた。あなたに菓子を作らせるつもりなんかない。厨房に入れたのも形だけだ。ピエールの下で学んだという実積が欲しかっただけだ」

日乃出は頭をなぐられたような気がした。

「では、私は何のためにここに来たんですか」

タカナミはふんと鼻で笑った。

「看板ですよ。ピエールの隣でにこにこ笑っていればいい。日本橋の老舗和菓子屋の橘屋の一人娘で、谷善次郎を打ち負かした。それがあなただ。それ以上でもそれ以下でもない」

自分はたったそれだけのために、ここに呼ばれたのか。

アイスクリンがおいしかったとか、才能があるとか言ったあの言葉は嘘だったのか。

日乃出はうつむいた。

その様子を見て、タカナミは自分が少し言い過ぎたと気づいたらしい。いつもの紳士的な表情に戻った。

「日乃出さん。申し訳ない。私も少し感情的になりました。お茶でも飲んでゆっくりと話し合いましょう」

メイドを呼んで熱い紅茶を運ばせた。白いティーカップに入った琥珀色の紅茶は西洋の香りがした。

「私はね、アイスクリンに着目した日乃出さんの先見性に驚いたんですよ。たくさんの人が買いに来て大きな話題になった。あなたもあの時、これからは西洋菓子の時代だと確信したのではなかったのですか？　十年後、二十年後、日本中の人がアイスクリンやケーキに親しむ日が来る。羊羹や最中、桜餅の代わりにクリームののったケーキを食べる。誕生日にも、結婚の祝いにもケーキが欠かせなくなる。そう言う時代になるのです。そのことにあなたはいち早く気づいた。そうじゃないのですか？」

タカナミは大げさな身振りで両手を広げた。

日乃出は小さくうなずいた。

西洋菓子は魅力的だ。

そして、今はまだ知る人も少ないし、作れる人はさらにわずかだ。学ぶなら今だ、そう思った。

「さっき、私が菓子を作らせるつもりはないと言ったのはね、あなたに職人ではなく、職人を使う人になって欲しいからです。日本でも、大きな店の旦那さんはあまり仕事場には立たないのでしょう？　西洋でも同じです。店が大きくなれば、働く人も増えます。全体を見る必要があるからです。でもね、菓子について知らなければいい店主にはなれない。あなたが西洋菓子の製法を学ぶことは、もちろん必要です」

タカナミはよどみなくしゃべる。

だが、先ほどの言葉を聞いた後では、にわかに信じることは出来ない。

「たしかにピエールは怒りすぎた。でも、あの男の言うことにも一理あるのですよ。昨日の山倉さんの話を聞いたでしょう？　西洋菓子は西洋の土壌から生まれたものです。だから、西洋菓子を学ぶためには、まず、あなた自身を変える必要がある。私たちが何をどう感じ、考えるか知るためには、食べる物、着る物、住まい、そうした日常のすべてを西洋式に変えなくてはならないのです」

山倉の顔が浮かんだ。日本人に対しては横柄で居丈高で、人を見下したようにしゃべる。だが、西洋人に対してはどこか卑屈になっている感じがした。

「西洋人になれと言うことですか」

日乃出の問いにタカナミは薄く笑った。

「そうは言っていません。そうではなくて、西洋の文化というものをもっと尊重して欲しいと言うことです。ここで学べば、あなたは必ず西洋菓子のエキスパートになれる。いつまでも、日本の菓子に執着していてはその道は開かれません」

――なんでもかんでも、西洋をありがたがる人をつくるんだ。そういう人が増えれば、自分たちの要求が通る。思うままじゃないか。

勝次の言葉が聞こえたような気がした。

「タカナミさんも、日本の菓子は遅れていると思いますか?」

日乃出はたずねた。

「そうですね。日本の菓子は餡に頼りすぎている。だから、味の幅が狭い。どれを食べても豆の味がする。もっとたくさんの材料を使うべきです」

餡は菓子屋の命なのに。

「豆の味はお嫌いですか?」

「いや、嫌いではないですけれどね。貧しい味ですよ。今のままでは未来がないと感じます。やはり遅れた菓子ではないですかね」

日乃出は驚いてタカナミの顔を見つめた。

タカナミは日本人の血が入っていると言った。日本が好きとも聞いた。

それなのに、日本の菓子のことを何もわかっていない。

わかろうともしない。

勝次の言ったことは正しかった。タカナミは自分たちに都合のよい人間をつくろうとしている。そのために選ばれた一人が、日乃出だ。

苦い物がこみあげてくる。

だが、その一方で、もう一人の日乃出が叫んでいる。

この機会を逃すのか。もう二度と、本物の西洋菓子を学ぶことはできなくなるかもしれないぞ。従ったふりをすればいいだけではないか。

「日乃出さんは一番になりたいんでしょ。ここにいれば、一番になれますよ。自分のお店を持ってお金持ちにもなれる。橘屋という名前をつけたらどうですか。大きな未来が開かれています」

――『菓子は人を支える』と言っていた日乃出はどこに行ったのだ。今のあんたは自分の手柄のことしか考えていない。

勝次の声が耳の中で反響している。

「すみません。私は山倉さんのようにはなれません。日本の菓子を遅れた、貧しい味とは思わない。未来がないとも考えていません。私は人を支えるような菓子を作りたいんです」

日乃出は行った。

タカナミは一瞬驚いたように目を見開き、次の瞬間、ばかにしたように大きな声で笑った。

「そうですか。そんな風に考えていたとはね。あなたにはがっかりです。だったら、もうここにいる必要はない。どこへでも行けばいい」

肩をすくめてそう言った。

日乃出はきさのところに戻った。

申し訳ないと思ったが、ほかに頼るところがなかったのだ。藤田から寮の部屋代や食事代を請求されたので、少しばかりの所持金はさらに少なくなった。寮費も食事も只と聞いていたが、それは三か月間勤めた場合のことだった。

仁吉と遊んだり、掃除をしたり、そんなことで二、三日が過ぎた。

井戸端で洗濯をしていると、近所の子供がやって来た。

「そこで、おねぇさんに渡してくれって、この紙を頼まれた」

細く折りたたみ、結んだ紙を手にしている。

「どんな人？」

「うーん」

子供は考えている。

「若い人？　年寄り？　男の人？　女の人？」

日乃出は重ねてたずねた。

「若い人。男の人みたいだったけど、女の人かもしれない」

紙の端に頭に葉っぱを乗せた狐の顔が描いてある。これは純也に違いない。あわてて開くと、くにゃくにゃとした純也の文字があった。

「日乃出がいないと、さみしいよぉ」

子供にたずねて、指さす方に行った。生垣の陰に純也の姿があった。

「日乃出、お焼き作って、クイーンズホテルを追い出されちゃったんだって?」

「よく、知っているね」

「近くに行ったから寄ってみたの。洗濯係のおばさん達が申し訳ないって言ってた」

「うん」

　純也が日乃出のほっぺたをつついた。

「早く、浜風屋に帰って来ればいいのに」

「だってさ」

　何もかも勝次の言った通りだった。タカナミは日乃出を自分たちの駒にするつもりだったのだ。だが、西洋菓子の魅力と功名心にとらわれた日乃出は、そこまで思いが至らない。まんまと誘いにのってしまった。

　考えてみれば、日乃出が帰る場所は浜風屋しかないのだ。勝次や純也や葛葉や三河屋のみんなの顔が浮かぶ。

　会いたい。

「だけど……」

　日乃出は口ごもった。

「分かるよ。出て行く時より、戻る時の方が大変なんだ。かっこ悪いもんね」

「そういうことじゃないけど」

　勝次に何と言って謝ればいいのだろう。許してくれるだろうか。

「普通にごめんねって言えばいいのよ。そうしてすぐ、忘れる。翌日からは普通に過ごす」

浜風屋をふらりと出て行き、また戻って来るということを何度も繰り返している純也はこともなげに言った。

「平気。平気。勝さんも、葛葉も、お光さんも、定吉さんも、お豊さんもみぃんなあんたのこと、待っているんだから」

日乃出の腕を引っ張った。


しかし、純也の言うほど簡単ではなかった。

勝次は気性のさっぱりとした男だ。だから日乃出が心から謝ると、「分かった。葛葉も含めて、四人で頑張ろう」と応えた。その気持ちに嘘はないだろう。

気にしているのは、日乃出の方なのだ。

日乃出が浜風屋を離れていた何日かの間に、葛葉はすっかりみんなに溶け込んでいた。

勝次は何かというと葛葉、葛葉と頼りにしている。実際、葛葉は気がきいて、よく働く。勝次と同じ士族の生まれだから、気心も分かるのだろう。

仕事が終わって三河屋の二階に戻って来ても、お光が葛葉を待っていた。二人でなにやら話がはずんでいる。

日乃出はなんとなく浮いてしまったような気がした。

そんなある日、秦野《はだの》の方から栗が届いた。それも木箱に三箱も。送り主に心当たりがない。どうしたものかと思っていると、夜、芝居小屋から帰って来た純也が木箱を見つけて言った。

「わぁ。もう、届いたんだ」

「なんだ。純也が注文したのか」と勝次。

「うん。ご贔屓さんに秦野の方の人がいるから、お願いしたの。ねぇ。これで栗蒸し羊羹を作ろうよ」

栗は風味が消えやすい。

明日の朝から仕事にかかるというので日乃出はあわてて水をくみに行った。鬼皮《おにかわ》がやわらかくなるよう、あらかじめ水に漬けておくのだ。

翌朝は四人で栗の皮をむいた。勝次と純也が鬼皮をむき、日乃出と葛葉が渋皮《しぶかわ》をむく。桶にいっぱいになると、勝次か純也が竈にかけた大鍋に移し、砂糖蜜で煮る。

四人は半日背中を丸め、栗の渋で指を真っ黒にして取り組んだ。

「ちょっとぉ。美形が売りものの役者なのに、こんなに指が黒かったら台なしよ」

純也がぼやいた。

「お前が手に入れて来たんだろう。それにしても、りっぱな栗だなぁ」

勝次はあらためてうれしそうに目を輝かせた。

浜風屋をはじめた松弥の覚書では、栗は最初から濃い蜜で煮ると身が締まって硬くなってしまうので、最初はあまり濃くない蜜でふっくらと煮る。そのまま冷まして甘味を含ませる。次の日はもう少し糖度の高いもの。その翌日は、さらに甘い蜜に漬けるという風に三日がかりで煮含める。羊羹に仕上げるのはそれからだ。しっかり甘味を含ませた栗は保存がきくから、正月にも売れるという。

「ひとつ食べてみるか」

勝次が皿に載せて持って来た。丸々と太った大粒の栗は、蜜を含んでつやつやと光っている。

「お先にぃ」

純也がひとつつまんで口に含む。

「ああ。幸せ。生きていてよかった」

「なんだ。調子がいいなぁ」

そう言いながら勝次も手を伸ばす。たちまち目じりが下がった。

「こりゃあ、いい栗だ」

日乃出も葛葉も続いた。蜜漬けにしたばかりだから砂糖の甘さはさほどしみていない。その分、栗の風味がする。胸の奥にしみるようなやさしい味だった。

「田舎で食べた栗を思い出した」

葛葉がつぶやく。

「栗蒸し羊羹になるまで、まだ三日もかかるのかぁ。待ちきれないわよ」

純也が言った。日乃出も同感だ。

「すぐ食べられる菓子はなかったかなぁ」

「蒸して裏ごしして餅にまぶすか」

勝次が言った。

「飛驒《ひだ》の方じゃ、裏ごしした栗を茶巾《ちゃきん》に絞って菓子にするそうよ」

純也が言った。

「栗そのものを味わう訳か。贅沢だなぁ。よし、まだ、いくらか生栗も残っているな。それをやってみようか」

勝次が言って蒸籠を取り出した。

熱々の栗を半分に切って中の実をさじですくう。

「いが栗、甘栗、山栗も栗のうち。栗くり抜いて栗の餅作る。早口言葉よ、日乃出、五回言ってみて」

純也が言った。

途中で舌を嚙んでしまった。次は葛葉でこちらも失敗。勝次は成功したが、みんなにゆっくり過ぎると怒られた。笑い声に誘われて、三河屋のお光が顔を出し、栗の作業に加わった。

早口言葉で遊んでいるうちに、五人の前の器はさじですくった栗の実でいっぱいになった。鍋に入れ、砂糖を少し加えて煉る。

「お味見、お味見」

純也が皿にとって口に運ぶ。

「ひゃあ。これは、最高の食べ方だわ」

今度は盛大に取り分けてみんなの前に出した。日乃出と葛葉、お光がさじですくって口に運ぶ。

「おいしいねぇ」

日乃出はため息をついた。

「初物をいただきました」

お光が満面の笑みになる。

「幸せです」

葛葉も続く。

「これは商売もんだぞ。仕方ないなぁ」

勝次は笑いながら、自分は食べず、さらし布で茶巾に絞った。次々、とんがり頭の栗の菓子がまな板に並ぶ。

木箱を取り出して、栗の菓子を並べて入れた。これは、三河屋さん用。もうひとつの箱は純也が芝居小屋に持って行くため。

残った栗菓子は、ここでみんなで食べるため。

葛葉がお茶をいれた。

「注文もたくさん来ているんだ。みんなで力を合わせて、楽しく仕事をしていこうな」

勝次が言った。

「純也、栗、ありがとう」

日乃出が続いた。気がつけば、日乃出の心のしこりはどこかに消えてしまっていた。きっとこの栗はみんなの輪になかなか入れない日乃出のために、純也が手を回してくれたのだ。

ごめんね。もう、大丈夫だよと、心の中でつぶやいた。

五、朝顔の懸け橋

午後、浜風屋に一人の客があった。身なりのいい初老の男で、若狭《わかさ》屋の番頭の吉《きち》治《じ》と名乗った。若狭屋は海岸通りに大きな店を構えている油問屋である。

「朝顔の菓子を作っていただけないでしょうか」

「秋に朝顔ですか」

勝次は驚いた顔をした。

「ここに花の図があります。できるだけ、本物そっくりのものがいいのです」

吉治は懐から紙を取り出して広げた。

「これが、朝顔……」

さらに不思議そうな顔になった。

朝顔といえば普通丸い花を思い浮かべるが、描かれているのはそれとはまったく違ったものだ。中心から何枚もの細長い花びらが伸びて、その先はくるりと巻いている。

「これは、獅子《しし》咲《ざき》牡丹《ぼたん》ではないですか」

日乃出がたずねると、吉治はうなずいた。

「よくご存じですね」

「東京にいたころ、入谷《いりや》の朝顔市でこれとよく似た花を見たことがあるんです」

毎年、七月七日ごろ、入谷鬼子母神《きしもじん》の周辺で朝顔市が開かれる。たくさんの露店が並び、多くの人が集まった。人気が高いのは桔梗咲き、柳、乱菊などさまざまな姿の変わり朝顔で、品評会で金賞を取ったものなどは高値で取り引きされた。

「この絵、そっくりの菓子を作る、ということですか」

勝次が難しい顔をしてたずねた。

「牡丹などの花の姿を写した砂糖菓子がありますね。あの技法でお願いします」

「そうですか」

勝次は腕を組んだまま黙ってしまった。白砂糖に餅粉を加えて色をつけ、松の枝や梅の花、時には鳥の姿などを描く工芸菓子が広まって来て、勝次も最近熱心に勉強している。

しかし、いくらなんでもこの花弁は細すぎる。

「どちら様に相談しても同じように言われました。このお店がもう最後なのです」

吉治は懇願するような表情を見せた。

何か事情があるのかもしれない。

「もしよかったら、少し、お話を聞かせてもらえませんか」

勝次が言って、奥の板の間に案内した。葛葉が茶を運んで来た。吉治はほっとした表情になった。

「この獅子咲牡丹は何年か前、あるところからいただいたものです。手前どもの主人が大事にしておりました。贈られた鉢はいくつも花をつけましたが、種はほとんどつきません。その種を植えても十分に育ちません。とうとう今年、最後の種をまきました。やはり結果は同じです。葉だけはなんとか育ったのですが、花をつけないまま、秋になって枯れました。東京の方ではこのような朝顔もたくさんあるのでしょうが、横浜ではなかなか手に入らないのですよ」

「つまり、花の代わりに菓子をということですか」

「はい。手前どもの主人が、毎年、とても楽しみにしておりますので」

勝次はしばらく考えていたが、「分かりました。なんとか、考えてみましょう」と応えると、吉治の顔がほころんだ。何度も礼を言って吉治は帰って行った。

しかし、若狭屋はどうして、それほど朝顔にこだわるのだろうか。客を見送った日乃出が首をかしげていると、葛葉が茶を下げながら教えてくれた。

「朝顔だからじゃないですか。朝顔の別名は牽牛《けんぎゅう》で、私の生まれた高栄では、朝顔の花を飾ると会いたい人に会えるって言われていますよ」

「その話は俺も聞いたことがある」

勝次もうなずいた。

牽牛は七夕の物語に出てくる牛飼い、彦星《ひこぼし》のことだ。

七夕の伝説は、天の川のほとりに住む織姫《おりひめ》が一人、機織りばかりで過ごしていることを怜れんだ天帝《てんてい》が、牛飼いの青年の彦星と会わせた。ところが、二人は仕事もしないで遊んでばかりいる。怒った天帝は二人を天の川の両岸に離し、一年に一度、七月七日の夜だけ会うことを許した。その日、雨が降ると天の川にかかった橋が流されてしまうので、かささぎが羽をひろげて橋を作り、二人を渡してくれるという。

そのことから、朝顔は懐かしい人との邂逅《かいこう》を意味する花になった。


突然入口の戸が開き、純也が立っていた。大きな風呂敷包みを脇に抱えている。顔色が少し悪い。

「あれ、純也、どうしたの？　今日も芝居があるんじゃないの」

日乃出がたずねた。

「いいの。もう飽きた」

そう言うと、そのまま二階に上がって行ってしまった。

何があったのだろう。舞台で大失敗をしてしまったのか。それとも、誰かと喧嘩したのか。日乃出は心配になった。

だが、小一時間ほどすると、純也は何事もなかったような顔で下りて来た。

「さっきね、坂道のところで野良猫が寝ていたの。それがね、こんな風に両手と両足を伸ばして、だらんとしているの。まるで猫の干物なのよ」

その恰好がおかしくて、日乃出と葛葉は笑った。純也は当たり前のような顔をして勝次の隣で砂糖を量り始めた。

「ああ。やっぱり浜風屋はいいわね。あたしのいる場所は浜風屋しかないって、よく分かったわ。勝さん、日乃出、葛葉、ごめんなさい。ご心配をおかけしました」

純也はぺこりと頭を下げた。勝次がにこりと笑った。


その日は、お茶会の菓子の注文を純也と日乃出で届けに行った帰りだった。

気持ちのいい風が港の方から吹いて来る。見上げる空には鰯雲が浮かんでいる。

どこからか赤とんぼが飛んで来て、二人の前をすいっと通り過ぎて行った。

「ねぇ。どうして急に芝居やめたの？　あんなに人気になっていたのに」

日乃出がたずねた。

「うん。だから、もういいの。いいんだってば」

純也の言葉は歯切れが悪い。

「誰かにいじめられた？　それとも大失敗したの？」

「違う。どっちも。みんないい人。お芝居の才能があるって言ってくれた」

それなら、何があったのか。日乃出は純也の横顔をちらりと見た。純也と目が合った。

「じゃあさ、聞くけど、日乃出は、あたしが本物の役者になった方がいいの？」

「そんなことないよ。浜風屋に純也がいないとさみしい」

「ありがと。本当に日乃出はやさしい子だ」

そう言って純也は日乃出の手をぎゅっと握った。それから突然、純也は両手を丸めてあごの下においていて、狐の真似をした。

「ねぇ、あんた、葛葉のこと、どう思う？」

「どうって……。いい子だよ。気が利くし、ちゃんと仕事をしてくれるし」

「だけどさぁ、ちょっといい子すぎると思わない？」

言ってはいけないと思うから今までだまっていたが、気になることがない訳ではない。

「わがままは言わないし、礼儀正しい。誰にでもやさしい。欠点がなさすぎる……かな？」

我が意を得たりというように、純也はうなずいた。

「芝居小屋の人達がなんて噂しているか知ってる？　浜風屋は人がいいから、あんな訳の分からない娘を引き取った。大丈夫なのかって」

葛葉に何か企みがあるというのか。

「純也だって、芝居小屋とかいつの間にか居ついているじゃないの」

「あたしのは、そういうのと違う」

純也は口をとがらせた。

「確かに考えるとちょっとおかしいよね。たまたまアイスクリンを売る店の前で喧嘩があって、たまたま、そこに葛葉がいて、止めに入って怪我をした。怪我だってたいしたことなかったし。来るはずの兄さんはとっくに死んでいました……なんてさ。話ができすぎ。まるでお芝居みたい」

「だけど、あの子は十三なんだよ。それに嘘をついているようには見えないよ」

日乃出は三河屋の奥の部屋で一人ぽつんと座っていた葛葉の姿を思い出した。なんだかとても頼りなく、淋しげだった。

兄が死んでいたと知らされた時も、涙を流し、声がかれるくらい泣いていた。

「信じてあげたい気がする」

純也はふうんと、鼻をならした。

「芝居小屋みたいなところにいるとさ、いろんな話が聞こえて来る。女に夢中になって金をだましとられたとか、博打で無一文になって夜逃げしたとか。しばらく、そんなところにいたから、少し意地悪くなったのかもしれないけどさ。なんたって、あたし達は善次郎の恨みをかっちゃったんだし。子供でも、注意するにこしたことはないと思うよ」

日乃出はだまって足元の乾いた地面をながめた。

葛葉はふるさとのことを、あまりしゃべらない。浜風屋で働いていると里に手紙を出したというが、返事が来たという話は聞かない。

親はなんという名か。祖父母はいるのか。どんな友達がいて、何をして遊んでいたのか。

あんなに日乃出を厄介者扱いしていた叔父でも、東京から横浜に行くと決まったら娘一人の旅は危ないと、留吉さんという伴になる人を探してくれた。

葛葉は駿河の国から、一人で旅をして来たのだろうか。

十三歳の少女が、たった一人で。

「だいたいさ、妹と待ち合わせるのに、吉田橋を使う？」

兄が妹を迎えるなら、どこかもっと違う場所があるはずだ。

「お光さんから聞いたよ。下田座に観に来た帰り、頬に傷のある男を見かけたんだって？　その話をしていたら、葛葉が急に兄さんを見かけたと言い出した。まるで二人の注意をそらすみたいだったって」

「私も、あの時、少し気になった。お光さんも同じことを考えていたんだ」

「そうでしょう」

純也は大きくうなずいた。

葛葉は善次郎のことを知りたがる。善次郎とはどこで会ったのか。どんな顔をしているのか。一人だったのか。それは時に、根掘り、葉掘りという執拗さに思えることがある。

「善次郎と何か、あったのかなぁ」

「どうだろう？」

二人は首を傾げた。

夕食の時、ご飯にいわしの煮つけを載せて食べていた純也が、突然目を輝かせて言った。

「ねぇ。朝顔の菓子のことなんだけどさ。あれ。砂糖じゃなくて、有平糖で作ればいいじゃない。そうすれば、今の季節でも溶けないし、透明できれいだと思うわ」

「有平糖……。飴細工か」

勝次が首を傾げた。有平糖は安土桃山から江戸時代初期にかけて交流のあったオランダやスペインから伝わった南蛮菓子のひとつである。砂糖と水飴、水を熱して煮立たせ、冷ましてから引き伸ばし、さまざまな形を作る。浜風屋でも松弥がいた頃は茶人から初釜の菓子などに頼まれて、勝次や純也も何度も作っていたという。

「だけど先方の希望は砂糖菓子だぞ」

「それは素人さんだもの。こちらは専門家だから、その上のことを提案できればいいのよ。獅子咲牡丹は花びらが細く伸びていたでしょう。砂糖菓子は難しいけれど、有平糖なら形作れるわ。光線の加減できらきら光って朝の雰囲気も出ると思うの」

純也はすっかり菓子屋の顔に戻っている。

「そうか。有平糖か、それは考えていなかったな」

勝次がうなずく。

「そうでしょう」

食事が終わると、勝次はすぐに紙と筆を取り出して朝顔の絵を描きだした。日乃出と純也がそれに、あれこれと意見を加える。

「よし、じゃあ、作ってみるか」

紙の上であれこれやってもうまく行かない。とりあえず作ってみるというのが、勝次の考え方だ。

鍋に砂糖と水を入れて沸騰させて行く。

「おい。煮詰め方はこんなもんだったかなぁ」

「松弥のじいさんは、木べらを持ち上げて、ちょっと垂らしていたじゃない」

「そうですかぁ。だいぶ煮詰まって来ていますよ」

「だが、まだ、ちょっと早いな」

「有平糖は橘屋でもよく作っていた。泡の出方で蜜のねばり具合を見るんだよ」

以前は三人だったが、今は葛葉も混じって四人で算段だ。

丁度いい？　いや、もう少し。意見はさまざまで、なかなかまとまらない。

少し船頭が多くないか？

「よし、これでいいだろう」

せっかちな勝次は早くも次の段階に進みたいらしい。

熱い飴の塊を台に取り出し、伸ばし始めた。

「きゃあ、熱い。熱いわよ、勝さん」

純也が騒いだ。

「葛葉、あんたは触ったらだめ。慣れていない子がつかんだら火傷する……。うーん。ちょっと失敗かなあ」

純也が情けない声を出した。

台の上にはちぎって細長く伸ばした飴の山ができていた。飴はすっかり冷めて、もう指で押しても、たたいても形を変えそうにない。

「思ったようにはいかないものですねぇ」

葛葉が恨めしそうに飴の塊をながめた。勝次が木槌で飴の塊をたたき割ると、中の方は砂糖に戻っていた。


有平糖の朝顔は、浜風屋の四人で何度試しても思うような物にならなかったので、よその店に教えを乞うことにした。美浜堂に頼むと快く受けてくれたので、勝次と純也、日乃出の三人で手土産の酒を持って店に行った。

「はぁ、有平糖ねぇ。なんだい、今ごろ、ひな祭りの飾り物でも作る気かい」

三人に茶を勧めながら、作太郎は言った。時季外れの飾り物を作る訳もない。こんなことを言って嫌味に聞こえないのが、この人の人徳である。

勝次が頭をかきながら花の飾り物だと言うと、作太郎はにやりと笑った。

「まさか朝顔を作りたいとかいうんじゃないだろうねえ」

「そうよ。朝顔よ」

純也が応えた。

「ひょっとして、『わ』の字かい」

『わ』の字とは、若狭屋のことだ。

「へぇ。ご明察で」

勝次が答えた。

「ああ、やっかいな頼まれごとをしちまったねぇ。うちもあそこの仕事を受けたんだよ」

作太郎は気の毒そうな顔になった。

若狭屋は先代が行商人から身を興《おこ》したという油問屋で、開港直後に横浜にやって来た。現在の主人は二代目の惣一《そういち》だ。七十歳を過ぎても元気が自慢だったが、昨年つまずいて腰を打ってから急に弱気になった。朝顔の花を見たいと言い出したのもその頃からだ。女房は何年か前に他界して、一人息子は家を出ている。

「絵を見せてもらって同じように作ったんだが、気に入らない。何度も作り直した。どこが違うんですかとたずねても、色がちょっととか、形が……とか言って要領を得ない。そのたび、菓子とは思えないお代をいただくんだが、そういうもんじゃないだろう」

作り直しというのは嫌なものだ。こちらが精いっぱいの努力をして納めているのに、それが否定されたような気がする。形をこうしてくれとか、色を淡くとか、どこを直せばいいのかはっきり言ってもらえればいいが、それもうやむや。とうとう「だったら、最初からうちの店に頼まなきゃいいじゃないか」と職人たちがへそを曲げてしまった。

「そうだなぁ。都合十回くらい作って、うちの店では荷が重すぎますと勘弁してもらった。それを知っているから、他の店も二の足を踏む。困った挙句にお鉢がお宅に回ったって訳だな」

「どうして、朝顔なんですか」

日乃出がたずねた。

「そうなんだよなぁ」

「種を蒔《ま》いたけれど、花がつかなかったとか言ったわねぇ」

純也が首を傾げた。

「その話もしてたかい。四、五年前の古い種なんだよ。畦道《あぜみち》という人が咲かせて、入谷の品評会で金賞を取った花だ。かささぎって銘がついている。だけど、そんな古い種じゃあ、花は無理だろう」

作太郎はせっかく来たんだからと、仕事場に案内して有平糖の作り方を教えてくれた。どうやら砂糖の煮詰め方が甘かった上に、粗熱の取り方が悪かったらしい。

熱いうちに力をこめてもむのがコツだと言われた。

「まぁ、若狭屋さんの方はあんたがたの練習だと思って、いろいろ作ってみたらいいさ。突っ返されても腐らないようにね」

日乃出の方を向いて、にっこりと笑った。


浜風屋に戻ると留守番の葛葉が出て来て、お客があったという。

「男の人と女の人の二人連れで、旅の人みたいでした。お名前は聞かせてくれませんでした。また来るそうです」

旅の人というのは、めずらしい。

「幾つぐらいの人だった？」

日乃出はたずねた。

「男の方が四十、女の方が三十歳くらい。女の方は色が白くて、とってもきれいな人でした」

純也は急に不機嫌な様子になった。

「ふうん。もしもあたしに用があるって言ったら、いないって言ってね」

それからくるりと表情を変えた。

「さあ、有平糖、作りましょ」

それから四人で有平糖作りに取り組んだ。作太郎はいとも簡単そうに作っていたが、自分たちでやってみるとうまく行かない。もう一回、もう一回と試しているうちに時間ばかりが経って行き、作業台の上に飴の残骸が散らばった。

「こうして見るときれいな飴なのにね。どうしてうまくいかないのかしら」

純也が小さなかけらを明かりにかざすと、きらきらと光った。

「甘くて、おいしい浜風屋の飴でございい」

純也が手にした飴を日乃出の口に含ませた。高温で熱せられ、固い結晶となった飴は口の中ですぐには溶けない。からころと転がしながらなめていると、ゆっくりと甘さが広がって行った。

「少し休もうか」

さすがの勝次も一休みしたくなったらしい。

松弥がいた頃は、注文を受けて茶席用に有平糖をよく作っていたそうだ。正月は紅白のひもを結んだ形の千代結び、春は桜で夏は水色の波、秋は紅葉と四季折々の姿があった。そもそも有平糖という名前は、ポルトガル語で飴を意味するアルヘイトから来ているそうだ。ポルトガルから渡ってきた宣教師や商人達が伝えた菓子である。もっとも当時のものは、かなり素朴な姿であったらしいが。

少し元気を取り戻し、また四人は仕事に戻った。少しずつ要領がわかって来て、夜が白々明けて来るころには、朝顔らしい形が見えて来た。紫に染めた飴で細い花びらを何本も作り、組み合わせた。

「あら、案外いいじゃないの」

純也が言うと勝次と日乃出もうなずいた。

先の方をくるりと曲げるると、さらに様子がよくなった。紫色の花弁と透明なしべを重ねてまとめると、獅子咲牡丹の姿が生まれた。

「まぁ、これが今の俺たちにできる最高の花だろうな」

勝次が言った。

「もう、これ以上はとってもできない。どうにでも、なれって感じ」

純也は力が抜けたように腰掛に座り込んでしまった。

「若狭屋さんは気にいってくれるかなぁ」

日乃出はつぶやいた。

勝次も純也も何も言わない。

美浜堂が十回も作り直して、結局気にいらなかったのだ。そうすんなり行くはずがない。

予想していた通り、若狭屋の惣一は四人が夜を徹して作った朝顔が気に入らなかった。

惣一は痩せた顔色の悪い老人で、勝次が持って行った朝顔をちらりと見て、もうそれから二度と見ようとしなかったそうだ。

番頭の吉治が恐縮した顔つきで出て来て、悪いがもう一度別のものを作ってみてもらえないだろうかと言って金の入った包みを渡した。勝次が浜風屋に戻って包みを開いてみると、作太郎の言葉通り、菓子とは思えない金額が入っていた。

「じゃあさ、どうすればいいわけ？　何にも言ってもらえなかったら分からないよねぇ」

純也が口をとがらせた。

「もしかしたら、あの老人が求めているのは、菓子じゃないのかもしれないな」

徹次が考え深げに言った。

「私も同じことを考えていた。これは謎かけなんだよ。だから、こんなにたくさんのお礼をはずむんだ」

日乃出が続けた。

「でも、どうして菓子屋さんなんですか？　謎をかけるんだったら、菓子屋じゃなくて、乾物屋でも、酒屋でも、それから……大工さんでも、左官屋さんでもいいじゃないですか」

葛葉がたずねた。

「菓銘、つまり菓子の名前に特別な意味をこめることがあるんだ。葛葉は朝顔の別名は牽牛で、朝顔を飾ると会いたい人に会えるといういわれがあると言っただろ。たとえばね、あの老人には長いこと会っていない人がいる。いろいろ事情があって会うことができないし、会いたいと口に出すことも難しい。だから、菓子に気持ちを託した。……そう考えるのは、うがちすぎるだろうか」

徹次が言った。

「そんなことないよ。だって、朝顔の名前はかささぎだよ。私の会いたい人は天の川の向こう岸にいます。かささぎの翼を広げてその人を呼び寄せてください。菓子を作れというのは表向きで、本当の意味はそういうことだよ」

日乃出も言葉に力をこめる。

「分かったわ。鍵を握るのは、四、五年前に入谷の品評会でかささぎという朝顔で金賞をとった畦道という人ね。勘当《かんどう》した息子だったりして」

純也も笑みを浮かべる。

「その人がいるのは、やっぱり東京でしょうか」

葛葉がたずねた。

「東京かぁ」

日乃出はつぶやいた。

「遠いねぇ」

純也もため息をつく。

「いや。行ったほうがいい。行くべきなんだ。乗合馬車ならその日のうちに行って帰って来れるぞ」

勝次が言った。

この年、東京横浜間に乗合馬車が開通した。片道四時間の旅である。

翌日、日本橋の大通りに立ってはるか先に富士山を見た時、日乃出は帰って来たという気持ちでいっぱいになった。生まれ育った橘屋の店はなくなって更地になっていた。近くにいた人にたずねると、石造りの五階建ての建物が建つそうだ。叔父の家はすぐそばだが、挨拶に行くのは止めた。今日は、そのために来たのではない。

番頭の己之吉がはじめた白柏屋の前は通り過ぎることができなかった。近くまで行って、店の様子をのぞいた。半年ほど前より、さらに店が大きくなっていた。どうやら隣の店も借りたらしい。白柏屋の葛桜、水羊羹と大きく染めたのぼりが立っていた。お客が次々入って行き、包みを抱えて出て行く。まだ西洋菓子はなさそうだ。

しかし、白柏屋がこの調子で商売を広げて行ったら、じきに橘屋を追い越してしまうかもしれない。いや、その頃、橘屋のことを覚えている人がいるだろうか。

日乃出は胸が痛んだ。

橘屋が消えてしまう。

勝次は小さくても、きちんとしたいい菓子を作る店を目指したいという。自分たちで作れるだけの菓子を作り、おいしいと言ってくれるお客さんに届ける。それで十分だ。

タカナミとの一件以来、日乃出も菓子で一番になろうとは思わなくなっていた。浜風屋は横浜の野毛の路地の奥にひっそりとあるからいい。

だが、それは横浜にいる時の気持ちで、こうして日本橋の大通りを歩いていると、また違う思いが膨らんで来る。

日乃出は橘屋の娘だったのだ。

日本橋で知らぬものはない大店で、将軍家、御三家の御用を賜《たまわ》っていた橘屋。ひいじいさんが始め、じいさん、おとっつぁんが育てた店。おとっつぁんの突然の死で閉めることとなったけれど、自分の中には橘屋の魂が息づいている。

いつかまた、橘屋の名前で店を始めたい。

白柏屋では、番頭の己之吉だけでなく橘屋にいた手代たちもたくさん働いている。誰かに気づかれ、声をかけられないうちにと足早に去った。

植木を扱っている露店があったので、朝顔の名人の畦道という人を知らないかとたずねると、聞いたことはないが、もしかしたら入谷の梶谷園《かじたにえん》に行けば分かるかもしれないという。なんでも東京で一、二を争う大きなところなのだそうだ。

それで日乃出は日本橋から駕籠《かご》に乗り、入谷まで行った。

梶谷園は広い敷地に大きな門構えの家なので、すぐに見つかった。

入口で案内を乞うと、いなせな感じの若い男が出て来た。四、五年前に変わり咲きの朝顔の品評会で金賞を取った畦道という人を捜しているとたずねると、男はあきれた顔になった。

「嬢ちゃんねぇ、東京で一年にどれくらい朝顔の品評会があるのか、知っているかい。ざっと数えても百以上はあるんだ。しかも四、五年前だろう」

「獅子咲牡丹を咲かせた人で、東京では有名な人だと聞きました」

日乃出がなおも食い下がると、「ちょいと待ってくんな」と奥に入って行った。しばらくすると出て来て、雑司《ぞうし》が谷《や》の方に詳しい人がいるからそちらを訪ねたらどうかと言われた。入谷から雑司が谷はかなり遠い。こんな風にたらい回しにされたらたまらない。

今朝、乗合馬車に乗って横浜からやって来た。今日中にまた横浜に戻りたいと言うと、男はびっくりした顔になった。もう一度奥に入って出て来ると「ご隠居が話を聞いてくれるそうだ。言っておくけど、話はなげえよ」と言う。それでいいと言うと、奥に案内してくれた。

細長い家の廊下をずっと進んだ先の離れに、やせて小さな老人がいた。残り少なくなった白髪を後ろでひとつに結わえている。髪の毛すべてを集めても、ほんの一握り。いや、ひとつまみ。豚のしっぽほどの量にしかならない。

「あんたかい。朝顔の変わり咲きの話を聞きたいと、わざわざ横浜から来たっていうのは」ご隠居は探るような目で日乃出を見た。

「朝顔の変わり咲きにはいろいろ系統があってね。ひとつは雑司が谷の流れ。これは文化文政《ぶんかぶんせい》の頃だね。もう少し後になると千住《せんじゅ》の旦那衆が作ったものがあるんだ」

立ち上がると、押し入れの奥から何やら巻物を出して来た。

「あんたね、一口に獅子咲牡丹といっても、いろいろあるんだ」

はらりと巻物を広げると、鮮やかに彩色されたさまざまな変わり咲き朝顔の姿が現れた。思わず見とれてしまうような美しさだが、ここで時間をつぶしている訳には行かない。

「四、五年前に品評会で金賞を取った畦道という人を訪ねたいのです。父が世話になりまして、東京に行く時があったら一度挨拶に行ってほしいと言われていました。畦道さんの住まいをご存じならば教えてほしいのです」

世話になった相手の住まいも知らないというのは少々無理があるが、この際仕方がない。日乃出は一息で言った。

「へぇ、そうかい。畦道ねぇ。三ノ輪《みわ》のかい」

ご隠居は笑顔で言った。

「あ、ああ、そうだったかもしれません」

「横浜の出だろう。実家は大きな油問屋をしているんじゃないのかい」

「そうです。その人です」

日乃出はうれしくなって言った。大当たりだ。畦道は惣一の息子だった。

「知っているよ。畦道ね。油問屋の一人息子で朝顔に夢中になって、とうとう家を勘当された。その人だろう。そうそう。五年ほど前に立派な獅子咲牡丹を咲かせて金賞を取ったよ」

「その方です。よかった、すぐに分かって。さすがですね。父親は惣一っていう方です」

東京まで来た甲斐があった。日乃出は満面の笑みを浮かべた。

ご隠居はふんふんとうなずいた。

「そうか。あの畦道に会いに来たか。そうか。そうか」

「居所を教えてくださいませんか」

「そりゃあ、ちょっと難しいなぁ」

「どうしてですか？」

「あいつは死んだんだ」

「はあ」

日乃出は間抜けな声を出した。

「……亡くなられたんですね」

「そうだよ。さっき言ったじゃないか」

「はい」

「次の年、風邪をこじらせて死んだ。まだ若いのに気の毒に」

ご隠居は遠くを見る目になった。

「では、もう三ノ輪にはどなたもいらっしゃらないんですか」

「いるよ。かみさんが一人で住んでいる」

ご隠居は日乃出の方に向き直り、まっすぐに目を見た。

「朝顔の栽培ってぇのはさ、金のかかる道楽なんだよ。ほんとにいいのができるのは、何百鉢の中のたった一鉢。お互いに種を交換したりするけど、只って訳にはいかないからね。品評会の賞金なんざ、あっという間に消えちまう。朝咲いて昼にはしぼんじまう花に、なんでこんなに夢中になるかって思うかもしれないけど、それはやって見なくちゃ分からない訳でさ」

しわの寄った節くれだった手で巻物を愛おしそうになでた。

「畦道も本を書いたり、いろいろやってみたけどさ、気持ちは朝顔だからね。金のことではかみさんが苦労してたよ。あちこち借金だらけでさ。あんたの親父さんも、いくらか貸したりしてたのかい」

「いえ。それはなかったそうです」

「そうかい。それで来たのかと思ったよ。なんだ、ほっとしたよ」

ご隠居は日乃出の顔を見て笑った。

「あんたが畦道の何を知りたいんだが、聞かないよ。行ってみたら分かるさ。あいつは酒も飲まないし、ばくちもしない。一日、朝顔と話しているだけで満足みたいなやつだった。死んで残ったのは、小さな家とかみさんだけだ。子供はいなかったからね」

紙と筆を取り出すと、畦道の家までの道順を書いてくれた。

畦道の家は小さな、古い家だった。門に枯れた草がからみつき、そのつるが屋根のあたりまで伸びている。葉の様子からすると朝顔かもしれない。

入口で案内を乞うと、ずいぶん待って戸が開き、女が顔を出した。年は三十半ばというところか。細面で目も鼻もちまちまとしている。黒っぽい着物を着ている姿がどことはなしに色気があった。それが畦道の女房らしい。今は頬がやせ、目元にしわが目立つが、かつては相当な美人ではなかったのかと思わせる顔立ちだった。

「畦道さんのお話をうかがいたくて、横浜から来ました」

女はいぶかしげな表情を見せた。

「かささぎという朝顔を作られたのは畦道さんですよね」

「ああ。かささぎね。あれはもうありませんよ。畦道が亡くなった時、知り合いの方に譲りましたから」

そっけなく答え、閉めようとした戸を日乃出は手で止めた。

「かささぎの種を求めて来たのではありません。私は横浜の菓子屋です。畦道さんをたずねて東京に来ました。この場所は、入谷の植木屋のご隠居にうかがいました。もう亡くなられていることも。私達は畦道さんのお父さんから、かささぎという朝顔そっくりの菓子を作ってほしいという注文を受けています。お父さんは別の菓子屋にも同じような注文を出しています。そして、気に入らないと突っ返し、何度も作り直させます。そのたび、びっくりするほどたくさんのお礼をくださるのです。なぜなのだろうと私達は考えました」

女はいぶかしげに日乃出を見た。

「お父さんは高齢で、ご病気もあるとうかがいました。お父さんが求めているのは、菓子ではなく、畦道さんの消息ではないのかと。どこでどんな風に暮らしているのか。まだ、朝顔を育てているのか。幸せなのか。そういうことを聞きたいのではないかと。それで私はここに来ました」

女は日乃出の顔をまじまじと見つめ、それから日乃出を家の中に招じ入れた。二間《ふたま》きりの家は、玄関から家の奥まで見通せた。日乃出は庭に面した部屋に通された。欠けた植木鉢が転がっている殺風景な庭だった。女は日乃出に白湯を勧めた。

女は畦道の女房で有という名だった。

「そうですか。わざわざ横浜から……。父親が気にしてくれていると知ったら、畦道は喜んだことでしょうね」

有は静かに笑った。

「あの人は父親に褒めてもらいたかったんですよ。子供の頃から、父親の期待を裏切ってばかりいたから。父親が思い描く、理想の息子というのがあるでしょう？

畦道は一人息子で後継ぎですもの。商いに身を入れて、自分の跡を立派に継いではしいと思うのは親なら自然なことですよ。でも、あの人ときたら子供のころから体が弱くて、算盤も習字も苦手。引っ込み思案でいつもだれかの後ろにいて、たまに外に出かけると近所のガキ大将に泣かされて、何をやっても長続きしなかったそうです」

畦道は本名を倉治《くらじ》といった。倉治が唯一興味を示したのは変わり咲きの朝顔だ。庭にいくつも鉢を並べ、交配をさせた。子供ながらに品評会に顔を出し、小遣いをためて種を交換したりしていた。

父親は朝顔ばかりに夢中になる畦道を叱った。時には、大切にしている鉢を捨てさせたこともあったという。

「変わり咲きの朝顔では日本一といわれる人に弟子入りしたいと、十五の時に家を飛び出した。一度は連れ戻されたけれど、商売を学ぶ気はまるでない。とうとう、お父さんもさじを投げた」

日乃出の頭に純也の顔が浮かんだ。純也も父親の期待に沿えない子供だったという。

「父親のことを石頭とか、頑固おやじとか、よく言っていました。大切にしていた朝顔の鉢を捨てられたときは本当に悔しかったとか。でも、本心は違うんです。あの人は父親が好きでした。父親の期待に応える立派な息子になりたかったんです。

でも、できなかった。悔しかったと思います。いつだったか、私にこんなことを言ったんですよ。『俺はきっと間違えてあの家の子供に生まれちゃったんだな。俺じゃなくて、もっとましな子供が息子になっていたら親父もうれしかっただろうにな』って」

有は遠くを見る目になった。

純也も同じようなことを言っていたと、日乃出は思った。

「畦道さんは淋しかったんでしょうか」

「そうでしょうね。たしかに商いには向かない人だったけれど、朝顔にかけては一流だったんですよ。以前いた家は庭がこの何倍も広くて、そこに何十、何百という朝顔の鉢が並んでいました。毎日、朝起きると、もう頭の中は朝顔のことでいっぱい。水をやりながら話しかけているんです。本当に楽しそうな顔をして。私もあの人のそういう顔を見ると、幸せな気持ちになりました」

「本当に朝顔が好きだったんですね」

有は笑みを浮かべた。

「そんなに夢中になれるものに出会えるなんて、幸せなことですよね。あの人は気持ちがまっすぐで誰に対してもやさしかったんです。だから、あの人の周りにはいい人ばかりが集まって来ました。めずらしい朝顔は高値で取引をされるから、中にはずるい人もいるんですよ。でも、そういう人は畦道の周りには一人もいませんでした」

日乃出は白湯を口にした。

白い薄手の茶碗には藍色で七夕飾りをつけた笹が描かれていた。

「めずらしい柄でしょう？　畦道が買って来たんです。あの人は七夕が好きだったんですよ。金賞を獲った朝顔の銘もかささぎです。七夕の伝説では雨が降って天の川の橋が流されると、かささぎが翼を広げて牽牛と織姫を渡してくれるそうです。あの人にとっては、朝顔がかささぎなんですよ。朝顔を通してたくさんの良い出会いがありました。朝顔というつながりがなかったら、一生、お目にかかれないような、名のある方やお武家の方とも親しくさせていただいたんです。かささぎの一鉢は横浜のお父さんにも送らせていただきました」

期待に添うことはできなかったが、自分だけの道を見つけた。一角の者となって身を立てることができた。

だから安心してください。

親不孝な自分を許してほしい。

どうぞ、息災に。

畦道は何を伝えたかったのか。

「でも、向こうからのお返事はありませんでした。もとより、畦道も何か言ってくるとは思っていなかったようです。親子だから分かり合えると人は言うけれど、親子だからこそ、一度こじれてしまうと難しいのかもしれません」

「そんなことはないですよ。時間はかかりましたけれど、私はこうしてここに来ました。畦道さんの思いはちゃんとお父さんに届いたんです」

日乃出は言った。

有は少し淋しそうな笑みを浮かべた。

「そうですね。そう思いたいです」

帰りがけ、女は日乃出に畦道が描いたという絵を渡した。

「これは……、菓子ですか」

「そうです。母親が作ってくれた菓子だと言っていました。あの家では、朝顔って呼んでいたそうです。畦道が最初に朝顔を好きになったきっかけは、案外、この菓子だったかもしれませんね」

女は薄く笑った。

「菓子を食べたときの楽しい思い出というのは、いくつになっても人を癒すものなんですね。思ったような朝顔ができなくて苦しんだり、競争相手に先を越されて悔しい思いをしたとき、あの人はこの菓子のことを思い出していました」

菓子は人を支える。

日乃出は思わず有の顔を見た。

東京に来て、改めてこの言葉の意味を教えられた。

「ありがとうございます。大切なことを思い出させてもらいました。こちらにうかがった甲斐がありました。今度こそ、若狭屋さんのご主人に、喜んでいただける菓子がつくれそうです」


横浜に帰り着いた時には、夜も遅くなっていた。浜風屋に戻ると入口に見知らぬ男女が立っていた。

「浜風屋に何か御用ですか」

日乃出はたずねた。

「こちらに東柳之介さんはいらっしゃいますでしょうか」

男がたずねた。

東は純也の芸名である。

「ああ。純也のことですね」

そう答えると女がほっとした顔になった。その涼しげな目元が純也によく似ていた。

「ただいま。純也、お客さんよ」

入口で叫んだが、純也の姿はない。店の奥に座っていた葛葉が言った。

「純也さんなら、さっき、裏口から出て行きました」

その言葉を聞いた二人は残念そうに肩を落とした。日乃出は二人を奥の板の間に通した。勝次と葛葉も同席した。

二人は純也の姉の時江《ときえ》とその夫だった。

「お恥ずかしい話ですが、弟の純也とはもう五年以上も音信不通になっております。つい先日、横浜の下田座に純也によく似た役者が出ている。あれは純也ではないかと言う人がおりまして、伊豆《いず》からこうしてやって来ました」

時江は言った。

「下田座にも行かれましたか」

勝次がたずねた。

「ええ。でも、その日は会えずじまいで。翌日行くと、もう純也の姿はありませんでした」

そういう訳だったのか。

あんなに熱心だった芝居を純也が突然辞めたのは、姉さんたちが訪ねて来たからだったのだ。

「芝居小屋の方々も口裏を合わせて、なかなか本当のことを教えてくれません。やっとこの浜風屋さんにいるということを聞き出して、やって来たのです」

時江は小さくため息をついた。

「父が臥《ふ》せっております。医者の見立てではそう長くはないそうです。心残りがないように会いたい人に会わせてやりなさいと言われました」

「純也はそれを知っているのですか」

日乃出は驚いてたずねた。

「芝居小屋の人に手紙を預けました」

「読んではいないでしょうね。部屋に封を切らない封書が放り出してありますから」

勝次が言った。

日乃出は切ない気持ちで二人をながめた。

わざわざ伊豆から出て来ているのだ。普通のことではないと気づきそうなものだ。それとも気づいていながら、知らぬ顔をしているのか。

「昔から父とは折り合いが悪く、顔を合わせれば言い争いになっていましたから。とくにフランスに行く直前には親子の縁を切るとまで言いました。父が遣仏使節団に加えたことで、純也は自分が捨てられたように感じたようですが、決してそんなことはないんですよ。立派なお役目ですから、戻って来れば将来が約束される。父はよかれと思ってしたことです。なんでもすぐに飽きてしまい、最後までやり通すことのできない子でしたから、海の暮らしで少しは鍛えられるかという願いもあったようです」

純也は父に嫌われていると思っていた。だから、わざわざ危険な任務をあてがわれた。父は戻って来なくてよいと考えていたに違いない。

日乃出がそう言うと、時江は悲鳴のような声をあげた。

「そんなこと、ある訳ないじゃないですか。女三人の後に生まれた、たった一人の息子なんですよ。どうして、あの子はそんな風に僻《ひが》んでしまったのだろう」

「いずれにしろ、お二人がいらっしゃる間は、純也は戻って来ないでしょう。帰って来たらよく言って聞かせます」

勝次が言うと、時江は小さくうなずいた。立ち去り難い様子だったが、夫にうながされ、手紙と泊まっている宿の名前を残して店を出て行った。

日乃出は純也を待ちながら、東京で見聞きしたことを勝次に伝えた。勝次は腕を組んでしばらく考え、やがてうなずいた。

「それなら、俺たちが作る菓子は決まったな」

勝次と日乃出、葛葉は若狭屋に持って行く菓子を作りはじめた。夜遅く純也が戻って来て、仕事に加わった。純也は姉が来たことには一言も触れなかった。勝次と日乃出もたずねなかった。

翌日、純也が自分も行きたいと言うので、日乃出も加わって三人で菓子を持って若狭屋を訪ねた。

店の表から廊下を抜けて坪庭に面した奥の間に通された。秋の日差しが坪庭を照らし、色とりどりの菊の花を鮮やかに彩っていた。

「今日は、新しい菓子をお持ちしました」

勝次が言った。

「浜風屋の三人がそろっておいでとは、きっと自信の作でございましょう。ねぇ、旦那様」

番頭の吉治が惣一の機嫌を取るように言った。

惣一はだるそうに脇息に体を預けたまま、小さくうなずいた。

「前回は有平糖で獅子咲牡丹をお作りいたしましたが、今回は盆景《ぼんけい》菓子をお持ちしました」

勝次が言って、包みを開いた。

黒漆《くろうるし》の四角い盆の中央に、白砂糖をおいて天の川に見立て、周囲に砂糖菓子の星を散らした。天の川の中央には干菓子のかささぎが翼を広げている。

「なんだ、これは。朝顔はどこにもないではないか」

惣一が不機嫌な声をあげた。

「いい加減なものを持って来おって。わしが見たいのは、かささぎという銘の朝顔の菓子だ。こんなものではない」

「お言葉ですが」

日乃出が顔を上げた。

「菓子は目で見て、舌で楽しみ、菓銘を聞いて味わうもの。作り手は菓銘に思いを込めます。花の銘も同じでしょう。お客様はかささぎという銘に込められた思いに、気づいていたのではありませんか」

「ふん」

惣一は鼻を鳴らした。

勝次がもうひとつの包みを解いた。木箱の蓋を開けると、中には盃が並んでいる。色とりどりの寒天菓子が盃を満たしていた。

「昨日、東京の畦道様のお宅を訪ねてまいりました。かささぎという名の朝顔の作者です。畦道様は子供の頃、体が弱くてよく寝込んだそうです。苦い薬を我慢すると、母親が口直しのお菓子を食べさせてくれた。それがこの菓子。梅の蜜を寒天で固めた菓子です。盃に流した姿が朝顔に似ているので、朝顔と呼んでいたそうです」

惣一は低くうなった。

「一年に一度、七夕の夜、牽牛と織女が出会うように、離れ離れになってしまった父との懸け橋にという願いを込めたのが、かささぎという朝顔。それが分かってい るから、お客様はもう一度、その花を見たいと思っていらっしゃるのではないですか」

日乃出が静かな調子で言った。

「余計なことだ」

惣一は声を荒らげた。

「そんな七面倒くさい理由ではない。わしはただ、あのめずらしい朝顔の花が見たかっただけなんだ。それでいいじゃないか。何を偉そうに。何が懸け橋だ。天の川だ。菓子屋風情に言われることではない。息子が死んだこともとっくに知っている」

立ち上がろうとしてよろけて、吉治の手にすがった。

ずっと黙っていた純也が突然、口を開いた。

「あんたはさ、どうして、ちゃんと息子さんに、大事な息子だと言ってあげなかったんだよ。金賞獲った朝顔を送って来たんだろう。親父さんによくやったって、褒めてほしかったんだ。認めて欲しかったんだよ。それだけだったんだよ。いくつになっても親は親で、子供は子供なんだ」

顔を赤くして、口を尖らせ、強い調子で言った。

「純也。もう、いい。それ以上言うな」

勝次が純也の袖を引いた。だが、純也は止めなかった。

「じゃあ、何かい。店を継ぐからいい息子で、店を継がないで勝手な方向に行ったら悪い息子なのかい。そんなことないだろう。畦道っていう男だって本当は店を継いで、父親を喜ばせてやりたかったんだよ。だけど、できなかったんだ。朝顔が好きで、好きで、どうしてもそっちの道に進むしかなかったんだ。そういう息子の気持ちを考えたことがあるかい。どうして、一生懸命やっていること、認めてやらなかったんだよ」

純也の顔はゆがんで、涙が溢れていた。純也はその涙をこぶしでぬぐって、肩をゆすって泣いていた。惣一は驚いたようにその姿を眺め、しばらく沈黙した。

やがて低い声で言った。

「あんたも親と心が通じていないんだな。そうだよ、分かっているさ。分かっているよ。だけど、親子だから言えないこともあるんだよ。あんたの親と同じだよ」

純也が濡れた目をあげた。

「息子がかわいくない親がいるものか。かわいくて、かわいくて、どうしようもないんだ。だから、息子に期待する。自分が今までやって来たこと、やりたくてできなかったこと、そういう夢を託すんだ。あんたが思っているほど、親は立派で完全なものじゃない。煩悩《ぼんのう》でいっぱいで、無理難題を子供に押し付けているんだ。親ってのはそういうものなんだ。それで勝手にがっかりしたり、また、別の夢を描いたり、まぁ、こんなもんかと思ったり。飴玉を口の中で転がすみたいに、そうやって楽しんでいるんだよ」

惣一は悲しそうな顔になった。

「そりゃあ、わしだって物わかりのいい親になりたかったよ。だけど、なれないんだ。今日はやさしくしようと思っていると、息子が突っかかって来る。なんでだろうなぁ。お互い手を伸ばして触れ合いたいと思っているのにさ、行き違うんだよ」

惣一は少しひきずる足で純也に近づくと、そっと純也の手を取った。

「あんたの親父さんは健在か。まだ、間に合うのなら仲直りしなさい。親は子供と会うのがうれしいんだよ。どうして、それが分からないのかなぁ。会いに行ってやりなさい。わしらみたいになったら、もう……」

そう言って首を振った。

「後悔したくないならな」


三人は若狭屋を辞した。

番頭の吉治は前回と同じように金の入った包みを渡し、もう朝顔の菓子はいらない、代わりに何か菓子を東京の有の所へ送ってくれと言った。

帰り道、純也は少ししょんぼりしていた。

「やっぱり、あたしが余計なことを言ったからかなぁ」

「違うだろ」

勝次が答えた。

「若狭屋さんも本当は分かっていたんだよ。仲直りしないままに息子にも、妻にも先立たれた。もう遅いと自分を責めていた。かささぎという朝顔の花を見たら、苦い思いが消えるかもしれないと思った」

「でも、息子が送って来た朝顔はとうに枯れて、取っておいた種も芽を出さない。仕方がないから菓子を作らせた。でも、やっぱり本物の花とは違う。だって、かささぎは若狭屋さんの心の中にしかないんだもの」

日乃出が続けた。

「さっきの純也の言葉を息子の声だと思ったのさ。だから、ずっと胸の奥に秘めていた言葉が出たんだよ。だから、もう朝顔の花はいらなくなった。純也の言葉に背中を押されてかささぎの橋を渡って、畦道に会いに行ったんだ」

「そうだったらいいんだけどね」

純也は少し元気な顔になった。

「若狭屋さんの仕事もこれで終わりか。美浜堂みたいに、もっと何回も菓子を作ってお代を稼いでからにすればよかったね。浜風屋は商売がへただよねぇ」

日乃出が言うと、純也が声をあげて笑った。

勝次が急にまじめな顔になってたずねた。

「それで、純也、お前、姉さんの方はどうするんだ」

「うん」

純也は足もとの石を蹴った。

「行ってやりなよ」

日乃出が言った。

「向こうは待ってるぞ」

勝次も言った。

行きたいくせに。会いたいくせに。妙なところでかっこつけ。変なところで意地を張る。もしかしたら純也の父親も、そういう人かもしれない。

「そりゃあ、畦道さんはいいわよね。朝顔で金賞を獲ったんだから。でも、あたしなんか、浜風屋で働いていたかと思うと、ちょっと役者のまねごとしたりしてさ。相変わらず腰が決まらずにふらふらしていてさ」

「それが純也なんだから、しょうがないよ」

日乃出が言った。

「それをそのまま、認めてもらえ」

勝次も言った。

「分かったわよ、もう。帰る。帰っておやじ様の顔を見てくる。それならいいんでしょ。あんた達、しつこい」

純也はぷりぷりと怒ったふりをした。

日乃出は父の仁兵衛のことを思った。昨年、白河の関で突然死んでしまった。老舗菓子店橘屋の主人として人に慕われ、すぐれた菓子職人としても知られていた。日乃出が思う父親は立派で完璧な人だったけれど、本当は違うのだろうか。

ひとつ確かなことは、父の仁兵衛は日乃出を大切に思ってくれていたことだ。日乃出は父に愛されていた。大事にされていた。そして、父は日乃出に薄紅という菓子を残してくれた。西洋の菓子を取り入れた日本の菓子。それが、薄紅だ。今も天のどこかで、日乃出の歩みを見守ってくれているような気がする。

父に会いたい。
日乃出は空を見上げた。
顔を見るだけでいい。
会いたい人に会わせてくれるという朝顔の花に願いをかけよう。
そっと目を閉じた。

六、園遊会の百味菓子

以前から話題になっていた園遊会が本決まりとなった。場所は根岸の競馬場。明治新政府が主催する博覧会のようなもので、広い庭園には鉄道や街灯などの模型を並べ、絹糸や茶など日本の商品も展示し、料理や菓子の露店も出て、休み処になる。客は横浜にいる各国の大使や役人、山手に駐屯《ちゆうとん》している軍人将校、貿易商や技師などの外国人。日本の役人や技師、有力な商人。さらに近隣の人々も、見物が許されるというものだ。

菓子については美浜堂の作太郎が中心となって横浜の主だった菓子屋が集まった。相談の結果、百味菓子と飴細工を並べるということになり、勝次などは張り切って毎晩、美浜堂に出かけ、菓子作りに取り組んでいる。

そうなると、ふだんの仕事は日乃出と純也に任されることになる。いつも以上に忙しいことになった。

日乃出と純也が品物を納めに行った帰りだった。道の向こうに写真館の駒太の姿があった。いつものように西洋人のような青い服を着て、指には金の指輪をはめている。

「よう、お二人さん。元気そうだね」

相変わらず、調子がいい。

「新しく来たお嬢さんも、よく働いているかい？」

「葛葉のこと？　すごく熱心です。助かっています」

日乃出が答えた。

「そうだろう。あの子、最初、うちの写真館に来たんだぜ。それで俺があんたのことを教えてやった」

駒太は得意そうに鼻を鳴らした。

「えっ？　最初って、いつのことですか」

日乃出がたずねた。

「うーんと、嘉祥の日の二、三日前かな」

アイスクリンを売ったのが嘉祥の日だ。葛葉はその前に横浜に来ていたということか。純也と日乃出は顔を見合わせた。なんだか嫌な予感がする。

「もう少し、詳しく説明してもらってもいいかなあ」

純也が言った。

「うん。だからさ。たまたま俺が外に出て行ったら、あの娘が外に飾ってある日乃出の写真を熱心にながめているわけ。それで、俺が、これが有名な浜風屋の日乃出だよ。今太閤《いまたいこう》と恐れられる谷善次郎相手に真っ向勝負をかけて、打ち負かした奴だって教えてやった。そしたら、あの娘は目を丸くしてね、すごい、すごいって感激する。会いたいっていうから、二、三日したら馬車道でアイスクリンを売るから行ってみなって教えてやったんだ」

「変だね」

純也が言った。

「おかしいよね」

日乃出も応えた。

「なんだよ。俺の話におかしいところがあるのか」

駒太が口をとがらせた。

「ある。だって葛葉はあたし達には嘉祥の日の朝、高栄から横浜にやって来て、吉田橋で兄さんと待ち合わせていたって言ったんだもの。駒太の話だと、その前から横浜にいたことになる」

「ふーん。……とするとつまり、葛葉はあんた達に嘘をついていたってことか。そりゃあ、ちょっとやっかいだなぁ」

駒太は首を傾げた。

たしかに少しやっかいだ。

「帰って葛葉に確かめようよ」

日乃出が言った。

「お二人さん。こういう場合は、先にこっちでいろいろ事情を調べてから話を聞きに行った方がいい。そうしないと、言いくるめられちゃうよ。あんた達は人がいいんだから」

「駒太さん、それはちょっと失礼だよ」

日乃出は少しとがめる調子になった。

だが、言われてみればその通りである。

「誰に聞きに行く？」

純也が首を傾げた。

「そうだ。兄さんが死んでいることを教えてくれた、樹覚先生のところがいいよ」

二人で北方村にある樹覚の診療所を訪ねた。樹覚の診療所は門構えもなかなかに立派で、いかにも頼りになる医者という雰囲気である。案内を乞うと書生らしい若い男が出て来て、出かけていて夜遅くなるかもしれないという。

「最初からつまずいちゃった。困ったわねぇ。ほかに誰か知っていそうな人はいないかしら」

純也が言った。

「そうだ。万国新聞。あそこの記者に潮騒会館で会ったでしょう。新聞に記事を書いたかもしれない。行ってみようよ」

横浜には外国人向けや日本人向けの新聞が何種類か発行されている。万国新聞は週一回発行される日本語の新聞だ。

関内に戻って運河沿いの道を歩く。古びた木造二階建てに「万国新聞社」という看板が見えた。

扉を開いて中に入ると、もうひとつ扉があり、すりガラスがはめてあった。のぞくと机が三つほど並んでいて、和服に革靴、髪を短く切った若い男がひとり、所在無げに座っていた。

「ごめんください」

声をかけると「何の用？」と、男は横柄な態度で言った。竹田である。

「教えていただきたいことがあるんですが」

「それなら、うちの新聞を買ってよ。話だけ聞かれたら、商売にならないよ」

ぞんざいな調子で男は言って机に向きなおった。

「今、いろいろ記事を書いているところだからね、忙しいんだ」

竹田はさも仕事が多くて大変という風に机の上の紙を広げ始めた。突然、その手を止めて、振り返り、日乃出の顔をまじまじと見つめた。

「あんた、もしかして、浜風屋の橘日乃出さん？」

「……そうですけど」

竹田は急に笑顔になった。

「いやあ、以前、お目にかかったのは潮騒会館でしたかね。覚えていただいて恐縮です」

近くにある椅子を日乃出と純也に勧めた。

「少し前のことですが、高栄の士族の冬馬という若い男が刺されて海に落とされ、亡くなったという事件がありました。そのことについて、ご存じでしたら教えてほしいのですが」

「事件ですかぁ」

竹田は頭をかいた。

「斬った張ったは得意じゃないんですよ。うちは経済が主軸ですから。読者の方々が知りたいのは、エゲレスやアメリカの景気はどうか。生糸の値段があがったかということですからねぇ」

経済か。

その言葉を教えてくれたのは、谷善次郎だ。

お利玖は今の時代を動かす力だと言った。

「そんなことを言ったんですか。なるほど、うまいこと言うなぁ。さすがだな。お利玖、お利玖……。ちょっと待ってください。思い出しました」

竹田はそう言いながら、傍らに積み上げた紙の束をめくり、ひとつづりの紙の束を取り出した。

「善次郎がらみの事件が去年の秋にあった。やっぱりそうだ。駿河の高栄の士族です」

高栄は昔から葛の製造が盛んで、質もいい。高栄の士族がその葛をロビンソン商会に売るという契約を結んだ。ロビンソン商会はその葛を清国などに売るつもりだった。間を取り持ったのは、高栄の出身で、今は谷善次郎の店の手代をしている正介《しようすけ》という男だ。ところがその年は例年にない大雪で、山に入れないため、例年の半分くらいの量しか葛ができなかった。ロビンソン商会は不利益をこうむり、損害分を高栄に請求した。高栄の士族たちはそれを不服として裁判で争ったが負けた。

「中心となって働いた勘定方の藩士が一人、責任をとって腹を切りました」

腹を切った。

竹田はことともなげに言った。

「亡くなったということですよね」

日乃出は聞き返した。

「そうですよ。武士ですから。まぁ、明治の世の中になったとはいえ、そういうこともあるんですよ。人間っていうのは、そう簡単には変わりませんから」

「それで、ロビンソン商会の方には、なんのお咎《とが》めもなかったんですか」

日乃出はつい強い調子になった。

「損害分の請求ができると最初の契約条項にありました。ロビンソン商会としては当然のことをしたまでです。腹を切ったのは高栄の藩士の個人の問題で、ロビンソン商会には関係がない」

「契約、契約ってあなたは言うけど、自然のことなんだからしょうがないじゃないの。その判決を出した裁判官はエゲレス人なんでしょう。だから、日本人に厳しく、エゲレス人に有利な判決を出したんじゃないの？」

純也が言うと、竹田はうーんとうなって頭をかいた。

「そんなこと、私に言われてもねぇ。まあ、日本人から見ると納得がいかないかもしれませんが、そもそも外国の人は腹を切ったりしないです。だから、なぜ、腹を切ったのか理解できない。だめでした、すみませんで、どうして話が終わらないのか。契約書にはそんなことは書いていない」

「契約書というのは、そんなに大事なものなんですか」

日乃出がたずねた。

「もちろんです」

竹田は大きくうなずいた。

「外国の社会、とくに商取引において契約は絶対です。これこれの条件で、いつ納品し、金額はいくらと最初に決めて文章に書く。契約書に書かれ、お互いに判を押したならば、その通り履行されなくてはならない。外国には契約の専門家がいて、大きな契約の場合は契約書を作ったり、自分たちに不利になっていないか調べる。だから裁判なんていうのは最後の手段で、勝負は最初の契約の段階でついている。そういう決まりごとを知らずに安易に契約書に判を押してしまう日本人の側にも非はある」

「そういうことなんですか」

日乃出は肩を落とした。

それが世界の常識ということか。

だが、今の日本にそんな世界の常識を知っている人間が何人いるというのだ。

「だったら、善次郎の方で教えてやればいいじゃないの。間に立ったっていうことは、そういうことでしょう。最初に、これこれこういう危険もありますよって伝える親切があったなら、高栄の侍も腹を切らなくてすんだのよ」

純也が口をとがらせた。

「じつは、最近、同じような裁判の例がいくつかあるんですよ。武士の商法というのかなぁ。世間知らずな元武士の人達がうまい話に乗せられて、大損をする。残念なことですが文明開化っていうのは、明るい面ばかりじゃない。うまく時代に乗れる人もいれば、取り残される人もいる」

竹田は肩をすくめた。

「亡くなった冬馬という人は高栄の士族の人らしいです。裁判の結果と関わりがあったのでしょうか」

日乃出はたずねた。

「どうでしょうねぇ。裁判が結審したのは一年前ですから。資料がないので、私としてはなんともお答えのしようがない」

竹田はさっぱりとした言い方をした。

「善次郎にロビンソン商会。悪役がそろったっていう感じだけどね」

純也がつぶやいた。

ロビンソン商会はあくどい商売をしていると聞いた。強引な仕事ぶりは兄のジェイムズの方で、自分は違うとタカナミが言ったが本当のところはどうだろう。ずいぶん耳に心地よいことを言ったけれど、結局は日乃出を利用したかっただけだった。

日乃出の心にタカナミの笑顔が浮かび、消えた。

エクレアのチョコレートとクリームの味が蘇り、苦い物に変わった。

「冬馬の住んでいたところは分かりませんか？　たしか北方村の方だと聞いたのですが」

「残念ですが。それ以上のことは分かりかねます」

竹田は首を振った。


万国新聞社を出ると、純也が言った。

「とにかく北方村まで行ってみようか。人が一人死んでいるんだから、近所の人なら何か知っているはずよ」

歩き始めると、道の向こうから黒っぽい着物を着た男がやって来るのが見えた。

丸い頭になで肩の、卵に手足をつけたような姿に見覚えがあった。医師の樹覚だ。後ろには、大きな風呂敷包みを抱えた書生がついている。日乃出は思わず樹覚に駆け寄った。

「おや。これは、これは。いつぞやのアイスクリンの時の。あの娘さんは、その後、お元気ですか」

樹覚は笑顔を見せた。

「じつは」と、日乃出は事情を説明した。たちまち樹覚の顔が曇った。

「そうですか。冬馬さんの亡くなり方が普通ではなかったので、気にはなっていたんですよ。葛葉さんも何か、事件に関わっていないといいのですがね」

「先生、これから冬馬さんがいたという長屋を訪ねてみたいと思うのですが、場所をご存じでしょうか」

「それは知っていますけれど……。長屋のみなさんのご迷惑になりませんかねぇ。すんだことをほじくりかえすようなことにならないといいのですが」

「大丈夫です。ご迷惑のかからないように、お話をすすめますから」

なんども頼むと、樹覚はしぶしぶ道順を教えてくれた。

北方村は職人街だ。西洋人向けの家具や染色、洋服や帽子の店が並ぶ表通りから裏手に回ると、それらの工房があり、その奥には長屋が連なっていた。冬馬が住んでいた長屋はきさの家からもそう遠くないところだった。

日の当たらない裏長屋の井戸傍で女達が洗い物をしていた。樹覚に聞いて大家をたずねて来たと言うと、女の一人が指さした。その指の先に、背の低い男の姿があった。

「ほうほう、樹覚先生のご紹介ですか。お二人で部屋をお探しですかねぇ」

大家は相好をくずした。だが、冬馬について知りたいと言うと、急に不機嫌そうな顔になった。

「困りますよ、それは。言っておきますが、もう、私達とは関係がない人ですからね」

「はい。分かっております。ですが、少しだけ伺いたいことがあるんです。冬馬さんには葛葉さんという妹がいましたよね。葛葉さんは今、私どもの店におります」

日乃出は食い下がった。

「葛葉は、今、あたし達の店で働いてもらっているの。あたし達は菓子屋なんです」

純也が言った。

「ああ。それなら、よかった。働き口も決まったなら、私はなにも言うことがない。兄思いの真面目なかわいい子だ。幸せに暮らしてもらいたい」

大家は日乃出達を振り切ろうとした。

「私たちは葛葉さんのことが心配なんです。私たちに嘘をついているし、何かを隠しているようでもあるんです。思い当たることはありませんか？　小さなことでもいいんです。教えてください。たとえば、善次郎のこととか……」

日乃出は追いすがった。

その言葉に大家は足を止めた。

「善次郎……」

振り向いて日乃出の顔をまじまじとながめた。

「もしかして、あんた橘日乃出？　あの善次郎と戦った？」

大家は日乃出と純也を少し先の自分の家に案内した。長屋と同じくらい古く、日当たりが悪い家で、日乃出と純也は土間の脇の板の間に腰を下ろした。

大家はほっと息をついた。

「冬馬は最初、一人でふらっとここに来て、部屋を貸してくれと言ったんだよ。生まれは駿河の高栄で、仕事を探して横浜に出て来たという。身なりも悪くなかったし、真面目そうで朴訥《ぼくとつ》な話し方がいかにも田舎のお侍って感じでね。ちょうど、一間空いていたから貸すことにした。何か仕事の口はないかって言うから、口入れ屋を紹介したら、港の仕事を紹介されたと挨拶に来た。ひと月ほどして、葛葉という妹が来て二人で暮らすようになった。ほかに友達も一人、二人たずねて来ていたかな」

「頬に傷のある男もいましたか」

「ああ。そんなのもいたね。いつも来るのはその男ともう一人いた。そのうちに、隣の部屋に住む男が蒼い顔して相談に来た。冬馬達はかたき討ちの相談をしている。しかも、その相手は善次郎だって」

「どうして、分かったんですか」

日乃出がたずねた。

「そりゃあ、あんた、分かるよ。長屋の壁は薄っぺらだもの」

怪しいと思った隣の男は壁に耳をつけて、冬馬達の話を聞いてしまったのだ。

「すぐに私のところに相談に来た。まさかと思ったけど注意してみるとね、冬馬も葛葉もやってくる友達も、何か顔つきが暗い。ささいなことで泣いたり、夜中にうなされたりしているみたいだ。ああ、この子達は本気で死ぬ気なんだなって気づいた」

大家は節の高い指で首筋をかいた。

純也も何か思い当たることがあるのだろう。うん、うんとうなずきながら話を聞いている。

「高栄藩は葛の売買でとんでもない大損をして、責任を感じた藩士が腹を切った。それが、冬馬と葛葉の兄だ。その話を持ってきたのが善次郎の会社なんだよ。悪いのは善次郎だ、このままでは死んだ兄が浮かばれないって、横浜までやって来たらしいよ。だけど、そうそうかたき討ちなんかできないよ。まして、相手は善次郎だろう。港に行って黒船を見れば善次郎がどれほどの力を持っているか分かるはずだ。あんな大きな船に荷を載せて商売しているんだよ。知り合いだって手下だってたくさんいる。上は明治政府のお偉い人から、下は町のやくざ者まで。そんな相手に逆立ちしたってかなうわけがない。結局、冬馬は死んだ。殺した相手すら分からない。どうして、それぐらいのことが分からなかったかねぇ」

大きなため息をついた。

「たしか冬馬さんが亡くなった時、大家さんが身元を確認されたんですよね」

日乃出が言った。

「そうだよ。藩軍が来て、葛葉に本人かどうか確認してほしいという。葛葉は真っ青になって、体を震わせている。そんな娘を行かせるのは不憫《ふびん》だったから、私が行ったよ。背中からざっくり一突き。海に落ちた時はまだ生きていたってさ。だから死因は溺死。苦しそうな死に顔してた。ひどいやねぇ。線香をあげに行ったら、友達が二人来て葛葉といっしょに泣いていた。ああ、こいつらも、こんな風に順番に殺されちゃうのかな。早くかたき討ちなんか諦めて、国に帰ってくれないかな、なんて思ったよ」

大家はキセルに火をつけた。顔をしかめたのは煙のせいではなかったかもしれない。

長屋を出た時、日乃出は体から力が抜けたような気がした。その場に座り込んでしまいたいほどだった。純也も青い顔をしている。

今度こそ、葛葉のねらいがはっきりと見えた。

葛葉は日乃出が善次郎を打ち負かした娘だと聞いて、浜風屋にやって来た。店で働きながら善次郎を倒す機会を待った。

ついにその時がやって来た。

博覧会だ。

「博覧会には善次郎も来る。人も集まって混雑する。狙うには最高の機会だわ」

純也は言った。

「なんとか思い直してもらえないかなぁ」

日乃出もつぶやいた。

だが、葛葉は兄を殺されているのだ。そう簡単に説得できるとは思えない。

「勝さんは、今、美浜堂だっけ。とにかく、相談に行こうよ」

純也はそう言って歩き出した。

美浜堂は吉田橋の近くにある蔵造りの大店だ。紺地に白抜きののれんをくぐって挨拶すると、作太郎がすぐに出て来た。

「おや。お二人さん、おそろいで。勝次さんは奥で有平糖に取り組んでいるよ。ちょうど飴を煮詰めたばかりで手が離せないから、ここで待つかい。それとも、仕事場まで来るかい」

いつもの機嫌のよさそうな声で言った。

仕事場に行くと、勝次が鍋から出したばかりの熱い飴を相手に格闘しているところだった。大きな塊をいったん丸め、それを引っ張って木の葉のような形に整える。見る見るうちに作業台の上に同じような形の薄い飴が並んだ。

「勝さん、上手になったねぇ」

純也が感心したような声を出した。

無造作にちぎって伸ばしているように見えるが、飴の大きさも厚みもそろっている。色も赤から黄色にきれいに混じりあっている。わずかな間に腕をあげた。

しばらくして、一段落した勝次が顔を上げてこちらを見た。

「おい。どうした。二人そろって。何かあったか」

日乃出と純也は駒太に会った話から始めて、葛葉のことについて報告した。勝次は腕を組み、黙って聞いていた。

「そうか。そんなことじゃないかなとは思っていたんだ」

あまり驚いた様子でもない。

「どうしたらいい？　葛葉を説得できればいいんだけど。それとも出て行ってもらう？」

純也がたずねた。

日乃出も困ってしまった。気の毒だが、今、葛葉に何か起こされたらこちらに迷惑がかかる。浜風屋だけではなく、三河屋や美浜堂にも累が及んでしまう。

純也は腕を組んで目を閉じ、しばらく考えていたが、やがて二人をしっかりと見つめて言った。

「悪いが、葛葉はこのまま浜風屋においてもらえないだろうか」

「どうして?」

意外な返事に、純也がたずねた。

「浜風屋を出たら、葛葉は頰に傷のある男達を頼るだろう。そうなれば、もう、後はかたき討ちに進むしかない。人間っていうのは思いつめると、後戻りができないんだ。一番いけないのは、そういう人間が集まってしまうことだ。考え直そうなどと言い出したら、仲間に意気地なしとののしられる。死ぬのが怖いのかと責められる。俺は今までそんな風にして、死んでいったやつを何人も見て来た」

勝次は暗い目をした。

「浜風屋にいる間は俺達が守ってやれる。だけど、いったん外に出てしまったら、もうどうにもならない。だから、近くにおいておきたいんだ」

「そうか。そうだね。分かったよ」

日乃出はうなずいた。

「いいか。二人はいつも通りにしていろ。お前たちは何も知らない。気づいていない。絶対に葛葉に怪しまれるな。こっちが計画に気づいたと知ったら、あいつは出て行くだろうから」

「はい」

日乃出と純也はうなずいた。


浜風屋に戻ると、葛葉が路地にいた。お光のお古の青い木綿の着物を着て、地面にしゃがんで雑草を抜いていた。

「純也さん、日乃出さん、おかえりなさい」

葛葉が大きな声で出迎えた。

手には抜いたばかりの雑草がある。雑草は小さく見えても地面に深く根を張って引っ張ってもなかなか抜けない。

「だめだよ、葛葉。素手でそんなことしたら草で指を切っちゃうよ」

純也がやさしい声で言った。

葛葉の手には小さな傷ができている。

「早く手を洗っておいで」

「はい」

走って行く葛葉の細い後ろ姿を日乃出は目で追った。

あんなにか細い体で、葛葉は本気でかたき討ちをするつもりなのか。

「あの子が囮《おとり》になるという手もあるさ」

純也が言った。

「死んでもいいと思っているのかな。たった十三歳なんだよ」

日乃出はつぶやいた。


園遊会が翌日になった。勝次は朝から美浜堂で飴細工作りにとりかかっている。日乃出達も百味菓子やふるまいの饅頭を作る仕事があって忙しい。

早朝、まだ暗いうちに勝次が浜風屋に戻って来た。

「飴細工は完成したの？」

純也がたずねた。

「ああ。なんとかな。俺はこっちの仕事があるから、後は作太郎さんに任せた」

「失礼ね。勝さんはいなくても、大丈夫。あたし達だけで回せるわよ」

純也が口をとがらせた。

だが、純也も日乃出も、勝次が葛葉を心配して戻って来たことを知っている。あれから日乃出も純也も、それとなく葛葉の動きを気にしていた。午後、みんなの手が空いたころ、葛葉がどこかに出かけて行くことも、浜風屋の近くに見慣れない若い男がやって来ることにも気づいていた。

彼らは園遊会の日を狙っているのだ。園遊会には善次郎もやって来る。一般の人も入れるというから、人込みに紛れて近づくつもりなのだろう。

だが、日乃出達が思いつく程度のことは、善次郎なら先刻承知のはずだ。葛葉達は一体、どんな手を打つつもりだろう。

勝次はさっさと仕事場に立って、ふるまいの茶饅頭の準備を始めた。純也と葛葉で餡を丸め、日乃出と勝次で包むことにする。

茶饅頭が二百個。葛饅頭が五十個。朝一番で園遊会の会場に届けなくてはならない。包み終われば竈に火を入れ、蒸籠で蒸す。気がつけば、朝の光が仕事場に満ちていた。

「ちょっと一休みしようよ。あたしは、もうくたくた」

純也が板の間に座り込んだ。

「ね、かりんとう作ったんだ」

日乃出は皿に取り出した。

「へぇ。すごいじゃないの。あんた、いつこんなもの、作ったの」

純也が早速手を伸ばす。

「本当の作り方は知らないよ。茶饅頭の皮の残ったものを細く切って菜種《なたね》油で揚げて、黒糖の蜜をからめたの」

「ああ。おいしい。ほら、葛葉もお食べよ」

純也が葛葉に手渡した。

小枝のように細く切って、新しい油でからりと揚げたかりんとうはかりかりと香ばしい。黒糖の甘さが口に広がって、みんなの顔に笑みが浮かんだ。

「おいしいです」

葛葉が目を細めた。

「これ、売れそうじゃないか」

勝次も言った。

「いいじゃない。材料はたくさんあるんだしさ」

純也は次々、口にほうりこむ。何ということもないかりんとうがおいしいのは、こうしてみんなで仲良く仕事をしていられるからだ。繰り返される日々のありがたさを葛葉も気づいてくれたらいいのに。

「たくさん作ったから、どんどん食べてね。朝早かったからお腹がすいたよね」

日乃出が新しいかりんとうを皿に出した。

ふと見ると、葛葉が顔を真っ赤にしてうつむいている。

「やだ、あんた、どうしたの」

純也が叫んだ。

「だって、かりんとうがあんまりおいしかったから」

葛葉は泣いていた。

「ばか」

純也が葛葉を抱きしめた。

「かりんとうなんかで泣くんじゃないよ。こんなの、ただのおやつじゃないか」

「そうだよ。葛葉はこれから、たくさんおいしいものを食べるんだよ。今日も、明日も、あさっても、元気で過ごしてさ。それでお母さんになって、おばあさんになって、ずっとずっと生きるんだよ」

日乃出も言った。

「だって、私は……」

「あたしはあんたのことが大好きなの。かわいくてしょうがないんだ」

日乃出は葛葉を抱きしめた。

「葛葉、今日一日は、俺達といっしょにいろ」

勝次が言った。

「でも……」

「いいか。葛葉は浜風屋の一員だ。今日は、朝から忙しい。手が足りないんだ。抜けられたら困る。夜までみんなといっしょにいろ。これは命令だ」

葛葉はうつむいたまま、うなずいた。

日が昇ると、日乃出達はできあがった菓子を持って根岸の競馬場に向かった。

根岸の競馬場は外国人専用のようなものだったから、日乃出は中に入ったことがなかった。広々とした場内の中央には馬が走る円形のコースがあり、その脇に芝生の広場があり、その先に瀟洒《しょうしゃ》な西洋風のハウスがある。

園遊会の会場は芝生の広場でどの店も準備の真っ最中だった。手前には茶店や料理屋の休み処があり、その先には最新の鉄道や船の模型など新しい技術を見せる一角があり、絹織物や海産物など日本の特産品、めずらしい外国の品物を集めた場所へと続く。

日本の菓子が割り当てられた場所は、華やかな絹織物や日本茶、乾物などの店を通り過ぎたずっと奥。どん詰まりである。その分、区画が広く、お茶と菓子のふるまいもできるのだが、なんだか貧乏くじをひかされたという雰囲気はいなめない。

そこへ行くと、タカナミの西洋菓子は会場の中央の目立つ、いい場所にある。白い石を敷き詰め、中央に白い大きなテーブルを置いている。きっとその上には、色とりどりのクリームや果物で飾った、大きくて見栄えのいい菓子を載せるのだ。

日乃出は、西洋菓子と日本の菓子の扱いの違いに少しがっかりしたが、勝次や作太郎は最初から分かっていたのかもしれない。特に驚いた顔も見せず、淡々と準備に取り掛かった。

次々とやって来た菓子屋達は用意して来た菓子を、漆塗りの美しい、大きな重箱に移し替えた。一の重は、松竹梅に鶴、亀とめでたい銘の菓子。二の重は春の装い。桜や藤、つつじなどの可怜な花の菓子がたくさんある。三の重は夏。水や貝など、涼しげな色合いだ。四の重が秋。紅葉を集めたかと思うほど、あでやかな彩だ。最後の重は冬。雪うさぎや枯れ野の景色など、色を抑えた静かな情景が広がる。

どれも、手がこんだ細工がほどこされ、食べてしまうのがもったいない。部屋に飾って、いつまでもながめていたいような美しい姿である。

「浜風屋さんの担当は葛菓子でしたよね」

美浜堂の菓子職人がたずねた。

「こちらです」

日乃出は朝作ったばかりの葛菓子を取り出した。中心に紅と黄、青、紫に染め分けた餡をおき、葛で包んだものだ。できたばかりの葛は、朝の光を浴びてつややかに光り、中の餡が虹色に見えた。

「ほう。きれいだな。これは、重箱に入れるのですか」

職人がたずねた。

「ちょっと仕掛けを考えたんですよ」

純也がにこりと笑った。

「へぇ。そりゃあ、楽しみだ」

職人が答えた時、作太郎がやって来た。

「勝次さんの作った飴細工をまだ、ご覧になってないでしょう」

指さした先には、木製の台の上に布がかかった大きな塊がある。

「素晴らしいできですよ」

布をはずすと、羽根を広げた鳳凰《ほうおう》が現れた。

「わぁ。すごい」

日乃出は思わず歓声をあげた。

「すごいですねぇ」

葛葉も言った。鋭いくちばしや目の表情、がっしりと力強い脚の爪まで生き生きとして、今にも飛び上がりそうな迫力のある鳳凰だ。全身を覆う羽根の一枚一枚が赤から黄、黄から青へと変化して、少し離れて見ると虹色に燃え上がっているようだ。

「これを勝さんが作ったの？　全部？」

純也は目を丸くした。

「いやいや。俺だけじゃないよ。肝心なところは作太郎さんが作った。さすがだよ」

勝次がやって来て、少し照れくさそうに言った。

その脇には落雁《らくがん》で作った横浜港の風景をおいた。両手を広げてもまだあまるほどの大きな画面に、山手から眺めた港のようすを細密に描いている。くずれやすい砂糖と米粉で、よくこれほどの繊細な色味、細かい線ができるものだ。菓子屋仲間もやって来て、そのでき栄えに感心している。

やがて合図の鐘がなると開場だ。まずは山手に駐屯するエゲレスやドイツなどの将校やその家族、貿易商社や技師などの外国人。その後に日本の商人や役人達。横浜の主だった人達すべてがやって来ているはずだ。

だが人の波は中央を回っているらしく、なかなか日本の菓子のところまでやって来ない。知り合いがぽつり、ぽつりとやって来る。

三河屋の定吉がやって来て言った。

「なんだ、こんなところにあったのかぁ。ずい分捜したよ。それに比べると、タカナミの菓子の方はすごいよ。見物人でごった返している」

この言葉に、さすがの作太郎も少し悲しそうな顔になった。

定吉はふるまいの茶を飲み、菓子を食べ、みんなに挨拶をして帰って行った。

その次に来たのは、万国新聞社の竹田だった。以前と同じようなほこりだらけの着物だが、足元はしっかりとした靴をはいている。腹回りが太い。

声をひそめて言った。

「日乃出さん、気をつけた方がいいですよ。今日は善次郎や山倉氏が来ているでしょう。彼らを狙った輩が紛れ込んでいるらしい。もし何かあったら、あなたはすぐ逃げるように。私は取材ですから、きっちりと見届けますが」

竹田が腹をたたくと乾いた音がした。着物の下に紙を何重にも巻いている。

「鎧《よろい》という訳にはいきませんが、これでも結構役に立つと先輩から教わりました」

ざわざわと人の声がして、山倉が入って来た。たくさんの取り巻きに囲まれて、悠然と会場に入って来た。相変わらずのしもぶくれで、おたふく豆のような顔だ。重たそうな瞼《まぶた》の奥が日乃出を見た。

「タカナミの所を追い出されて、どこに行ったのかと思ったら、古巣に逆戻りか。少しは見どころがあるかと思ったけれど、残念だな」

日乃出は唇を噛んだ。

山倉はぐるりと見回して顔をしかめた。

「どれもこれも、古臭い。骨董品のような菓子だ」

作太郎の顔がゆがんだ。勝次は目をそらした。その勝次に山倉は近づいた。

「勝次。逃げ出して、何をしているかと思ったら、菓子屋か。そんなことだろうと思ったよ」

捨て台詞を残して去ろうとする山倉を、取り巻きの一人が引き留めた。

「この百味菓子などはなかなかのできだと思いますが、いかがですか」

「そうです。この飴細工は東京でも、なかなかこれだけのものはできないと思いますが」

別の一人が続けた。

「いや。見るべきものはありません。しょせん、豆と砂糖の菓子ですから」

山倉はきっぱりと言った。

「みなさんはご存じないでしょうが、西洋には豆を甘く煮るという習慣がありません。豆は塩味で食べるもの。甘い豆など考えられない。気持ちが悪いと言う人もいます。さらに、大事なことがあります」

片手をあげて、みんなを制すると声を高くした。

「豆は貧しい者の食べ物です。裕福な人間は肉を食べます。肉が食べられない階層の者が、肉の代わりに豆を食べる。いいですか。日本はこれから西洋を学び、世界の一等国の仲間入りをするのです。日本の悪しき伝統に囚われてはなりません」

菓子のどこが悪しき伝統なのだ。日乃出は顔から血の気が引くのを感じた。

「今は後ろを振り向いている時ではありません。前を向いて、まっしぐらに進むべき時です。絹織物はいい。茶もいい。外国人も認めておる。だが、菓子はどうだ。フランスから呼び寄せた職人は、日本の菓子には見るべきものがないと言った。私はこの耳で、それをはっきりと聞きました」

たしかに、日乃出もピエールからその言葉を聞いた。

だが、たった一人の外国人が言った言葉を、まるで西洋人すべての意見であるように言うのはおかしい。

純也はフランスにも豆の料理があったと言った。貧乏人の食べ物とは限らないそうだ。そもそも山倉が言う西洋というのはどこの国のどの地方のことか。自分に都合のいいことだけを取り上げて、「西洋」と言っているのではないか。

日本のことをよく知らないピエールに、日本の菓子には見るべきものがないと言われるのは仕方がない。たまたま食べた日本の菓子が口に合わなかったのだろう。日本の菓子のよさを伝えなかった、日本の側が悪い。

正確には、ピエールはまだ見るべきものに出会っていないのである。

だが、日本で育って、菓子を食べて来た山倉なら、菓子がどれほど人々の暮らしに深く根付いているか知っているはずだ。どうして、切って捨てるようなことが言えるのだ。

日乃出は山倉をにらみつけた。反論しようとした途端、勝次が日乃出の腕をぐっとつかんで、ささやいた。

「何も言うな。あいつは俺たちを怒らせようとしている。怒ったらこちらの負けだ。作太郎さん達にも迷惑がかかる」

「だけど、悔しい」

「分かっている」

日乃出は唇を噛んだ。腹に力を入れて、足をぐっと踏ん張った。そうしないと、言葉が溢れてしまいそうだった。

その時だ。

「しばしお待ちくださいませ」

純也が芝居がかった様子で前に進み出た。手にした盆には日乃出達が作った葛菓子が載っている。

「とざい、東西、これよりお目にかけまするのは、本邦初の影絵の美」

「はぁ」

山倉は不機嫌そうな声をあげた。

日乃出もあわてて前に進み出て、木の台を用意し、白い和紙を敷いた。純也が葛菓子をおく。懐からロウソクを取り出すと、ぐるりと取り囲んだ観客に見せるように高くあげた。

「では、火をつけまする」

大げさな仕草でロウソクに火を灯すと葛菓子に近づけた。白い和紙に赤や黄色の影が伸びた。

ホウと、客達の声がもれた。

ロウソクを横にすべらせると、影の方向と色が変わった。虹のようにも、紅葉のようにも見える。

「なかなか面白い趣向じゃないか」

客達がささやき合う。

日乃出と純也は顔を見合わせてにっこりとした。

西洋菓子には高く積み上げるなど、華やかに見せる技がある。自分たちも人目を集め、話題となるような工夫をした方がいいのではないか。

二人でそんなことを話しあって決めたのだ。

「では、こちらもごらんください」

純也が隣の紅色の菓子を示した。

菓子の後ろにロウソクの火をおく。

すると、鮮やか紅色の中に「寿」の文字が現れた。

「これはすごい」ため息がもれた。

タネを明かせば、菓子の中に文字を切り抜いた紙を入れてある。そこだけ光を通さないから、文字が浮かぶという仕掛けだ。たったそれだけのことだが、芝居っ気たっぷりに純也が見せるから面白い。

「なるほど、なるほど」客達は拍手をした。

「どうぞ、こちらの百味菓子もごらんください」

純也が勧めれば、客達は先ほどの山倉の演説のことをすっかり忘れてしまったように、菓子を眺め、感心している。

その様子を見た山倉は不機嫌な顔で出て行った。

少しすると、善次郎とお利玖の一行が顔をのぞかせた。

善次郎は黒紋付でお利玖はあでやかな打掛《うちかけ》姿で、後に続く女たちは元禄風の小袖を着ている。さほど広くもない日本の菓子の露店はたちまちいっぱいになってしまった。

善次郎の脇にはお利玖、後ろには女達。

警護にあたる男の姿は見えない。

善次郎はゆったりとした表情を浮かべている。

隙だらけだ。

そんな風に見える。

日乃出は葛葉を目で探した。

葛葉は人の影に隠れて立っていた。体を強張らせ、鋭い目をしている。

何をするつもりだ。

日乃出は膝が震えてきた。

だが、善次郎は相変わらず落ち着いている。

利玖に何か話しかけた。お利玖が何か答え、女達が顔をほころばせる。

ふと見ると、女達の後ろに二人の若者がいた。一人は頬に傷がある。もう一人は見たことのない顔だ。

人ごみに紛れたつもりかもしれないが、二人からは異様な気が発せられている。

善次郎達が進めば、後ろに続く人々も動く。

いつの間にか二人の若者の後ろには、目の鋭い男がぴたりと張りついていた。少し離れたところにも、もう一人。さらに、もう一人。

葛葉も二人の若者も、屈強な男たちに見張られていた。何か怪しい動きがあったら、すぐに取り押さえるつもりだろう。

日乃出は葛葉をちらりと見た。

真っ青な顔をして小刻みに震えている。目の鋭い男達には気づいていないらしい。

二人の若者は表情を硬くした。

葛葉はそっと腕を胸の前にあげた。手に赤い布を握っている。

善次郎はゆったりと足を進める。

お利玖と女達は道を開けるように脇に寄った。

一瞬、善次郎の背後が空いた。

だめだよ。

葛葉。

動いたらだめ。

これは罠だ。

喉の奥が熱くなる。

日乃出の口が勝手に動いた。

「葛葉。後で、かりんとう食べようか」

その瞬間、葛葉の表情が変わり、手にした布が地面に落ちた。二人の若者は去って行き、男達も緊張を解いて人込みに紛れた。

日乃出は小さく息を吐いた。強く握っていたこぶしを開くと、いくつも爪の跡がついていた。

「これは横浜港か。おや、落雁で作っているんだね」

お利玖の声が聞こえた。

「よくできているねぇ。今度、鷗輝楼の宴会で使わせてもらおうか」

「ぜひ、お願いしますよ」

作太郎がすかさず近づいて、すすめる。

「葛葉という娘はお前か」

善次郎が茫然としている葛葉に声をかけた。

「はい」

葛葉が小さな声で答えた。

「かりんとうが好きなのか」

「はい。ゆうべ日乃出さんが作ったものをいただきました。とてもおいしかったです」

善次郎は小さく笑うと、振り返ってちらりと日乃出の方を見た。

「かりんとうが人の命を救うか。菓子は人を支えるというのは本当らしいな。生きていると、時々、愉快なことに出会う。何があったか知らないが、謝ることがあったら謝りたい。人に恨まれるのは本意ではない」

悠然と善次郎は去って行った。

再び閑散とした露店の隅に、葛葉を囲むように三人は集まった。

「危ないところだった」

日乃出が言った。

「葛葉がちょっとでも怪しい動きをしたら、今頃どうなっていたか分からないのよ」

純也がぷりぷりと怒り、葛葉は黙ってうつむいた。

「葛葉の仲間もこれで目を覚ましてくれるといいんだがな」

勝次がつぶやいた。


ひと月が過ぎた。

葛葉は頰に傷のある若者とその仲間とともに高栄に戻って行った。浜風屋はまた、勝次と純也、日乃出の三人になった。

別れ際、葛葉は日乃出に語った。

「最初は、善次郎を倒したいという気持ちで浜風屋に来ました。でも、みなさんといっしょに働いているうちに、気づいたんです。憎むばかりじゃ、何も生まれないんだなってことに。高栄に戻って、私にやれることを考えてみます。兄もそれを望んでいると思います」

十月は炉開きの茶会があり、亥の子餅に七五三と続く。それが終われば、もう師走だ。日乃出は時々、あのエクレアの味を思い出す。西洋菓子は稲妻のように日乃出を通り抜けて行った。

「西洋菓子を習う機会はまた、あるわよ」

純也がなぐさめた。

「俺は西洋菓子が悪いとは言っていない。先生を選べと言っただけだ」

勝次も言った。

西洋菓子への熱は少し冷めた。本やクイーンズホテルの仕事場で学んだことは、いつか役に立つことがあるだろう。だが、今は、もう少し日本の菓子を勉強したいと思っている。西洋菓子を学んだから、日本の菓子の良さも見えて来た。ひたむきに仕事にむきあって腕をあげた勝次にならって、今は自分も毎日の仕事に取り組みたい。

日乃出。日乃出。

誰かが呼んでいる。

餡を炊き始めるのだろうか。

浜風屋
こぼれ話
純也のひとり言

みなさん、こんにちは。

純也です。

あたしの好きなものは、きれいで、やわらかくて手触りのいいもの。面白いもの。見ているとうっとりするもの。いい匂いがしておいしいもの。そういうもの全部。

きれいな着物やすてきな器やお芝居やほかにもいろいろ好きなものがあるけれど、一番はやっぱりお菓子。

女の子の好きなものは、世界中、甘いお菓子と決まっているのよ。

あなたもそうでしょ。あたしは女の子とか、昔、女の子だった人の気持ちがよくわかるのよ。


まぁ、そんなことより、あたしの思い出話。昔、フランスに行ったことがあるの。

文久三年に幕府は遣渡仏使節団というのを結成して、フランスに派遣したの。総勢三十人でその端っこに弱冠十五歳のあたしもいたっていうわけ。目的は横浜港鎖港談判。つまり、横浜に来るなって話なんだけど、もう、アメリカとも通商条約を交わしているから、そんな話、通るわけないのよ。

船でフランスに着きました。砂漠の国にも行きました。ピラミッドの前で写真を撮って、なんやかんやで一年後には戻って来たの。そうそう、あの洋行帰りを自慢する駒太二郎もいっしょだったわ。

航海は大変だったわよ。

だって、毎日、海の上なのよ。朝起きても海。寝る時も海。雨が降っても、晴れても海。

いい加減、飽きるわよね。

それに揺れるの。ひどい船酔い。

団長さんや副団長さんたち、偉い人たちは船酔いだからと船室にこもっていられるけど、あたしや駒太は下っ端だから、洗濯とか掃除とか片付けとかしなくちゃならないのよ。苦しくても働いた。船には外国の船員さんたちも乗っていて、あたしはその人たちと仲良くなった。言葉なんかわからなくても、身振り手振りでなんとなく通じるものよ。

「なんだよ、その頭。潮吹いているじゃねぇか。切っちまいなよ」

たぶん、そんな風に言われたと思う。

それで、髷もすぐに切った。

潮風に吹かれて髪がばりばりになるの。かゆくもなるし。

「おい。うまいぞ。食べてみるか？」

不思議な味のする食べ物ももらった。

辛かったり、臭かったり、脂っぽかったり。

あたしがびっくりして目を白黒させると、みんな喜ぶのよ。

だから、あたしも家から持ってきた海苔や梅干を食べさせた。外国じゃあ、黒い食べ物はめずらしいのね。おっかなびっくり。大丈夫か？　大丈夫か？って聞くの。ほんと、おかしかったわ。

あの旅で、あたしはずいぶん変わった。

それまでは引っ込み思案で、知らない人と話をするなんて考えられなかった。友達だってほとんどいなかった。

あたしは小さい頃からチャンバラごっこには興味がないし、蟬や蛙をつかまえるのも好きじゃない。きれいで、やわらかくて手触りがいいものが好きなのよ。どうして、棒でたたき合ってたんこぶつくるのが面白いのか、全然わからないわよ。でも、チャンバラごっこができないと男の子の仲間に入れないし、女の子は女の子同士で遊ぶでしょ。一人で家で折り紙をしていると、おふくろ様や姉たちは心配するし、おやじ様は怒る。

どこにも居場所がないような気がしてた。

あの旅で、言葉も通じない、髪の色も目の色も違う、いろんな国のいろんな人と会って、自分なりに居場所をつくる方法を見つけた。今でもあたしの中には、子供の頃の引っ込み思案で、言いたいことも言えなくて、なんでもすぐ投げ出したくなる自分もいる。でも、それと同時に、だれとでも仲良くなって、自分の気持ちを言葉にできるあたしもいる。

どっちもあたしで、どっちも愛おしい。

人は変われるし、変わらないものなのよね。

日本に帰って来たけど、あたしは家には戻らなかった。家に戻っても居場所がないのはわかっていたから。

横浜には外国人がたくさんいて、仕事もあるって駒太に誘われてこっちに来たの。駒太は口がうまくて目端が利くけれど、ちょっとずるいところがあるでしょ。すぐにやめて、芝居小屋や居酒屋やあちこちで働いた。

そうして、ある日、浜風屋にめぐりあった。松弥というじいさんが一人でやっている菓子屋さん。あたしは震えたわ。

きれいで、やわらかくて、見ているとうっとりして、いい匂いがしておいしい。あたしの好きなもの全部が松弥のじいさんの菓子に詰まっている。お小遣いを貯めて通った。

そのうちに、勝次さんが働くようになった。

あたしも雇ってくれないかしらって、思った。だけど、小さな店だから、二人も雇うわけにはいかないだろうし。あれこれ考えていたら、気持ちが通じたのね、松弥のじいさんがそんなにうちの菓子が好きなら、ここで働かないかって言ってくれたの。

本当、あの日ほどうれしいことはなかったわね。

でも、すぐに松弥のじいさんは死んでしまって、勝さんとあたしで引き継ぐことになったんだけど。

じゃあ、松弥のじいさんに教わったお菓子のひとつをご紹介します。どら焼きです。

ふわふわとやわらかくて、甘い。あんこといっしょにバターを塗るのは、あたしの考え。試してみてね。

バターどら焼きの材料とつくり方

材料（6個分）

生地

- 薄力粉……120g
- 重曹……小さじ1／2
- 卵……2個
- 上白糖……120g
- 水……カップ1／2
- バター……適量

ほかに、

- つぶあん（またはゆで小豆の缶詰）……360g
- サラダ油……少々

つくりかた

❶ 薄力粉と重曹を合わせてふるう。

❷ ボウルに卵を割り入れて泡立て、途中で上白糖を3〜4回に分けて加え、さらに泡立てる。生地をすくって落とすと、ゆっくりと落ちてしばらく形が残るくらいまで。

❸ ❷に水を加えて泡立て器で混ぜ、❶も加えてゴムべらで粉っぽさがなくなるまで混ぜる。水でぬらし、固く絞ったキッチンペーパーをかけて30分休ませる。

❹ フライパンかホットプレートを温めてサラダ油を薄くひき、❸を玉じゃくしで約1杯ずつ丸く流し、弱火で焼く。ぷつぷつと表面に穴があいたら、ひっくり返して裏面をさっと焼いて取り出し、熱いうちにバターを塗る。同じものを12枚つくる。

❺ ❹1枚につぶあんを盛り、もう1枚ではさむ。残りも同様に。

途中、何度かフライパンやへらをきれいにふくと、上手に焼けます。

本書は二〇一四年十二月にポプラ文庫より刊行された作品に加筆・修正を加えた新装版です。

「浜風屋こぼれ話　純也のひとり言」は書き下ろしです。

浜風屋菓子話
日乃出が走る〈二〉新装版

中島久枝

2020年6月 5 日　第1刷発行
2020年6月17日　第2刷

発行者　千葉 均
発行所　株式会社ポプラ社
〒102-8519　東京都千代田区麹町4-2-6
電話　03-5877-8109(営業)　03-5877-8112(編集)
ホームページ　www.poplar.co.jp
フォーマットデザイン　bookwall
校正・組版　株式会社鷗来堂
印刷・製本　中央精版印刷株式会社

N.D.C.913/248p/15cm　ISBN978-4-591-16695-6

P8101405

食堂かたつむり

小川糸

同棲していた恋人にすべてを持ち去られ、恋と同時にあまりに多くのものを失った衝撃から、倫子はさらに声をも失う。山あいのふるさとに戻った彼女は、小さな食堂を始める。それは、一日一組のお客様だけをもてなす、決まったメニューのない食堂だった。巻末に番外編収録。

ポプラ文庫好評既刊

ピエタ

大島真寿美

18世紀ヴェネツィア。『四季』の作曲家ヴィヴァルディは、孤児たちを養育するピエタ慈善院で〈合奏・合唱の娘たち〉を指導していた。ある日教え子エミーリアのもとに恩師の訃報が届く――史実を基に、女性たちの交流と絆を瑞々しく描いた傑作。２０１２年本屋大賞第３位。

ポプラ文庫好評既刊

あずかりやさん

大山淳子

「一日百円で、どんなものでも預かります」。東京の下町にある商店街のはじでひっそりと営業する「あずかりやさん」。店を訪れる客たちは、さまざまな事情を抱えて「あるもの」を預けようとするのだが……。「猫弁」シリーズで大人気の著者が紡ぐ、ほっこり温かな人情物語。

ポプラ文庫好評既刊

クローバー・レイン

大崎 梢

大手出版社に勤める彰彦は、落ち目の作家の素晴らしい原稿を手にして、本にしたいと願う。けれど会社では企画にGOサインが出ない。いくつものハードルを越え、彰彦は本を届けるために奔走する――。本にかかわる人たちのまっすぐな思いに胸が熱くなる物語。

解説／宮下奈都

四十九日のレシピ

伊吹有喜

妻の乙美を亡くし気力を失ってしまった良平のもとへ、娘の百合子もまた傷心を抱え出戻ってきた。そこにやってきたのは、真っ黒に日焼けした金髪の女の子・井本。乙美の教え子だったという彼女は、乙美が作っていた、ある「レシピ」の存在を伝えにきたのだった。